읽는 행위

읽는 행위

부서지는 인간 —
활자 너머의 어둠

오에 겐자부로 지음
남휘정 옮김

21세기문화원

일러두기

1. 이 책은 이와나미서점岩波書店에서 2023년 발행한 오에 겐자부로大江健三郎의『읽는 행위読む行為』제1부「壊れものとしての人間 — 活字のむこうの暗闇」를 번역한 것이다.
2. 표기법은 국립국어원의 표준 표기법에 따랐다. 다만 책과 영화의 제목은 예전에 최초로 나온 표기를 따른 경우도 있다.
3. 책 제목과 각 장 제목은 원서 그대로 하되, 독자들의 이해를 돕기 위해 본문 사이에 소제목을 새로 달았다.
4. 강조점이나 따옴표 등은 가로쓰기의 부호를 중시하되, 단행본과 잡지는『』, 권과 기사는「」, 영화와 공연은〈〉로 표시하였다.
5. 오에 컬렉션 간행 위원회는 여러 번 원고를 윤독하며 우리말을 살리고 전문 용어를 통일함으로써 최대한 번역의 완성도를 높였다.

오에 컬렉션을 발간하며

오에 컬렉션은 읽기와 쓰기를 향상하기 위해 기획되었다. 요즘 스마트폰 세대는 움직이는 영상은 익숙하지만, 고정된 활자는 그렇지 못하다. 만약 우리가 빨리 '보는 감각'만 앞세우면, 찬찬히 '읽고 쓰는 사고력'은 뒤처지기 마련이다.

시중에는 읽기와 쓰기 관련서가 많다. 하지만 주로 초급용이다. 보다 근본적으로 문제를 성찰하고 해결하려면 좀 더 수준 높은 '현대적인 고전'이 필요하다.

이른바 작가라면 소설 읽기와 쓰기에 대해 고민하지 않을 수 있겠는가. 오에 겐자부로大江健三郎는 일평생 치열하게 소설이라는 형식을 연구하고 그 방법을 다음 세대의 읽고 쓰는 이들에게 전하고자 노력했다. 이런 작가는 매우 드물다!

오에는 도쿄대 스승인 불문학자 와타나베 가즈오渡辺一夫의 가르침을 본받았다. 전 생애에 걸쳐 3년 단위로 뛰어난 문학자나 사상가를 한 명씩 정하여 집중적이고 체계적으로 읽어나간 것이다. '오에 군은 숲속에서 샘물이 솟아나듯 소설을 쓴다'는 스승의 칭찬이 괜히 있는 게 아니었다.

하지만 국내에서 오에는 일본의 군국주의화를 반대하는 다양한 활동 때문에 '행동하는 지식인'의 이미지가 강렬하여, '소설가의 소설가'로 불리는 그의 소설에 대한 열정과 지식이 똑바로 부각되지 못하고 있는 형편이다.

이에 평소 오에를 연구해 오던 간행 위원회는 소설 읽기와 쓰기의 궁극적 단계에 이른 그를 한국의 독자들에게 충실히 알리고자 이 자리에 모이게 되었다. 노벨문학상 수상 작가인 그는 과연 어떻게 책을 읽고 글을 썼는가. 그것을 제대로 살피는 것이야말로 21세기에 걸맞은 오에 컬렉션을 기획한 목적에 부합하리라 믿는다.

오에 컬렉션은 평론 4권, 소설 1권의 전 5권으로 구성했다. 독자 여러분들은 제1권에서 제4권까지 읽기와 쓰기 이론의 정수를 경험하고, 그 이론이 실제 소설에서는 어떤 양상으로 표출되는지를 제5권을 통해 확인할 수 있을 것이다.

첫째, 『새로운 문학을 위하여』이다. 이 논집에서 오에 겐자부로는 단테·톨스토이·도스토옙스키 등의 작품들을 러시아 포멀리즘의 '낯설게 하기'라는 방식으로 새롭게 바라보는 것에서 출발한다. 그는 '문학이란 무엇인가, 문학은 어떻게 만드는가, 문학을 어떻게 수용할 것인가' 등과 같은 질문을 파고든다. 문학을 적극적으로 읽고 쓰기를 원하는 이들에게 그의 경험과 방식은 도움이 되리라 생각한다. 어쨌든 이 책은 이와나미신서 시리즈의 첫 번째 작품으로 배치될 만큼 대표적인 문학 입문서이다.

둘째, 『읽는 행위』이다. 이 논집에서 오에는 '독서에 의한 경험은 진정한 경험이 될 수 있는가, 독서에 의해 훈련된 상상력은 현실 속의 상상력일 수 있는가' 하고 묻는다. 그리고 곧바로 독서로 단련된 상상력은 확실한 실체로 존재한다고 답을 내린다. 이는 초기의 다양한 경험 부재에 대한 고뇌와 소설 쓰기 방법론의 암중모색을 거치고 터득한 십여 년에 걸친 장고의 산물이라 할 수 있다. 즉 작가 스스로에 대한 근본적 물음이자 확답, 그리고 독자들에 대한 선험자로서의 제언인 것이다. 이러한 작가 인식은 소설가라는 개인의 글쓰기와 읽기의 고민에서 출발하여 그것이 마을·국가 그리고 소우주라는 공동체의 역사와 신화를 이야기하는 집단적 상상력의 확대로까지 이어질 수 있음을 여실히 보여 준다. 읽는 행위를 통해 활자 너머에서 오에가 느꼈을 상상력의 자유를 독자 여러분도 감지할 수 있으리라….

셋째, 『쓰는 행위』이다. 작가로서 '읽는 행위'에 대한 효용성과 고민을 어느 정도 해소한 후 중견작가로서 본격적으로 '쓰는 행위'를 논한 창작론이다. 오에는 소설을 쓸 때의 스스로의 내부 분석부터 시작하여 시점·문체·시간·고쳐쓰기 등의 문제에 관하여 자신이 실제 소설을 쓸 때의 경험을 바탕으로 얻어 낸 것들을 일종의 임상 보고 형식으로 풀어내고 있다. 이렇듯 일반적인 소설 작법서와는 차별화된 오에만의 독특한 창작론은 새롭게 소설을 쓰려는 사람들은 물론이거니와 소설을 다양한 방식으로 읽고자 하는 독자들에게도 유용한 힌트가 될 것이다.

넷째, 『소설의 전략』이다. 제2권 『읽는 행위』와 제3권 『쓰는 행위』의 '작가 실천편'에 해당하는 평론이다. 오에가 장애를 가진 아들의 출생 등 자신에 닥친 고난을 소설 쓰기로 극복하고자 한 것은 잘 알려진 사실이다. 하지만 일반인이 현실의 역경을 소설이라는 '제2의 현실', '문학적 현실'로 바꾸는 것은 그리 간단한 일이 아니다. 이 책에서 오에는 어떻게 작가로서 소설을 통해 활로를 찾아 나갔는지를 밝히고 있다. 즉 자신의 실제 독서 경험과 창작 방식의 비법을 풀어놓으며 독자들이 소설의 '전략'을 터득할 수 있게 도와주는 것이다. 특히 소설이라는 형식에 그 누구보다도 의식적이었던 작가는 50대를 맞이하며 방법론적 연구와 고뇌가 절정에 이르렀다.

바로 그 전성기 때 이 책을 썼다. 작가의 경험과 지식은 물론 열정이 넘친다. 독자들은 소설의 형식을 익히며 현실 문제에 대한 해결의 실마리까지 얻을 수 있을 것이다.

다섯째, 『그리운 시절로 띄우는 편지』이다. 이 소설은 내용적으로는 『만엔 원년의 풋볼』, 『동시대 게임』을 잇는 고향 마을의 역사와 신화를 둘러싼 '구원과 재생'의 이야기인데, 형식적으로는 사소설의 재해석이라 부를 수 있을 정도로 난해하다. 하지만 이 작품은 완숙한 중년 작가의 방법적 고뇌가 함축되어 있는 소설이라 할 수 있다. 소설가가 발 딛고 있는 동시대라고 하는 무대를 역사로 쓰는 것과 소설로 쓰는 것에 대한 고민이 절실히 느껴진다. 주인공 '나'가 '기이 형'에게 평생 부치겠다는 편지는, 소설가로서 쓰는 행위를 이어가겠다는 오에 자신의 결의의 표현이자 소설이란 형식이 아니면 자신의 이야기를 풀어낼 수 없다는 독자들을 향한 외침이다. 제1권~제4권으로 소설 쓰기와 읽기를 익힌 독자라면 반드시 일독을 권한다. 쓰기와 읽기의 이론이 어떻게 소설화되는지 그 구체적 과정을 직접 확인할 수 있다.

인생을 다시 고쳐 살 수는 없다. 그러나 소설가는 다시 고쳐 쓸 수가 있다. 그것이 다시 고쳐 사는 일은 아니라고 하더라도, 애매하게 살아온 삶에 형태를 부여하는 일이 될 것이다.

무언가를 읽고 그것을 토대로 무언가를 쓰는 행위는 위의 오에 말처럼 인생의 의미를 명확히 하는 일임과 동시에 참다운 나를 찾아가는 과정이기도 하다.

국내의 오에 전문 연구가들이 한데 모여 오에의 진가를 알리고 읽기와 쓰기에 치열했던 작가의 고뇌와 결과물을 이제 '오에 컬렉션'이라는 형태로서 공유하고자 한다. 소설가이자 문학부 교수인 마치다 코우町田康가 간행 위원들의 마음을 대변하고 있어 소개로 갈음한다.

소설을 읽고자 하는 사람, 또 쓰고자 하는 사람은 프로든 아마추어든 이 책을 읽어라! 나는 무척이나 반성하면서 반쯤 울었다.

아무쪼록 독자 여러분들이 오에 컬렉션을 통해 격조 높은 작품들을 감상하면서 읽기와 쓰기의 세계도 더 즐길 수 있는 계기가 되길 진심으로 바란다.

2024년 1월
오에 컬렉션 간행 위원회

차 례

일러두기·4

오에 컬렉션을 발간하며·5

1. 출발점, 가공과 현실

독서 경험·13 전쟁과 가공·15 아버지의 죽음·17 가공의 무게·19 나의 마을 연대기·21 이야기꾼 노파·23 윌리엄 스타이런의 『냇 터너의 고백』·27 이야기와 축제·29 공동의 상상력·33 앙리 르페브르의 『파리 공동체』·34 파괴된 상상력·38 책이라는 출구·40

2. 말이 거절하다

책 속의 자유·41 사르트르의 『파리 떼』·43 이방인 체험·44 활자 너머의 세계·46 혼돈의 외국어·50 또 하나의 활자·53 새로운 언어·55 언어의 긴장감·59 상징에 대해·61 집단적 상상력·65 말의 역동성·66

3. 팡타그뤼엘 환상 풀과 악몽

악몽에 대하여·69 존 업다이크의 『커플즈』·73 성적인 것의 묘사·75 악몽의 창조자·80 성적인 것의 악몽·84 라블레의 '팡타그뤼엘리온'·87 광기의 악몽·90 악몽, 그 후에·93 『캐치-22』의 악몽·94 다시 악몽과 마주하며·96

4. 핵 시대의 폭군 죽이기

은폐된 폭력·98 폭력의 발견·100 가짜 이야기·102 문학과 폭력·104
역사와 폭력·107 폭력의 이중 구조·110 행동하는 육체·111 핵 공화
국의 폭력·114 핵 시대의 상상력·119 부서지는 인간·122 회복하는
인간·124

5. 작가에게 사회란 무엇인가

사회와의 관계·126 학생 운동의 기억·128 소설과 현실·129 첫 소설을
발표하고·132 다원적 세계관·135 사르트르의 『집행 유예』·137 알랭
로브그리예의 『누보로망을 위하여』·143 르 클레지오의 『대홍수』·145
정치와 문학·148 바실리 악쇼노프와의 대화·153 작가의 역할·156

6. 개인의 죽음, 세계의 끝

어둠의 나라와 앨리스·162 현대의 무속인·165 우주의 끝·167 지옥
과 극락·170 광기의 불안·176 앙드레 말로와 바타이유의 증언·180
집단 광기·182 세계의 종말·184 어두운 미래·187 파스칼의 계시·189

7. 황제여, 당신에게 상상력이 없다면…

열정과 수난·192 헤밍웨이의 죽음·196 돈키호테와 세르반테스·197
프란츠 파농의 정신분석학·206 중독에 관하여·208 구원이란 무엇인
가·213 윌리엄 포크너의 작품 세계·219 히카리의 성장·221 버나드
맬러머드의 『수리공』·225 구원의 상상력·228

작가의 말·231
해설·241
연보·249

1. 출발점, 가공과 현실

독서 경험

말의 정통적인 의미에서 독서 경험은 경험이라 할 수 있을까? 독서로 훈련된 상상력은 현실에서도 상상력이 될 수 있을까? 나는 이 두 질문을 내게 던지며 그것에 답해야만 한다고 생각한다. 내가 처음 활자의 부름에 반응했던 유년기부터 내가 광기에 사로잡혀 활자를 잃어버리거나 죽음을 맞이할 때까지 그것은 계속 해명해야 할 가장 중요한 명제이다.

나는 실수나 사소한 변덕으로 벌어진 해프닝은 있었지만, 범죄라 여겨질 일은 저지르지 않았다. 호주의 북부 지역 원시림을 여행했을 때 지프를 타고 물소의 똥 더미 위로 질주한 적은 있지만, 탐험이라 부를 만한 경험은 못했다. 남을 폭력으로 모욕하거나 전쟁터에 나간 적도 없다.

그러나 이 모든 것을 넘어서는 것이 독서 경험에는 들어 있는 듯하다. 또 현실로 향하는 상상력의 근원에서 독서로 단련된 상상력은 결코 맥없이 물렁한 것이 아니라 명확한 실체로 존재한다는 사실을 느낄 수밖에 없다. 더욱이 글 읽는 행위에 불과한 독서 경험으로 얻어지는 상상력은 생명을 북돋는 것이며, 현실을 인식하고 행동하는 자가 지닌 상상력과는 다른 뿌리를 갖고 있다는 의식도 완전히 떨쳐 버릴 수는 없다.

전쟁이 한창이던 유년기에 생긴 고정관념 하나가, 변변찮은 수량의 책 더미 위에서 모세혈관을 타고 살아남아 있었다. 그리고 그것이 나의 행동거지를 부자연스럽게 했고, 주변에 있는 사물이나 사람에게 적응하기 어렵게 만들어서 나는 말을 더듬게 되었다.

이것은 현실이 아니다, 왜냐하면 이런 일은 책에서 읽은 적이 있기 때문이다. 그런 일은 절대 일어날 리가 없다, 왜냐하면 그 전부가 활자로 인쇄된 것을 본 적이 있기 때문이다. 이런 생각에 빠져 실제로 가끔 나는 현실의 어떤 정보나 그 현실 앞에서 망설이거나 머뭇거리게 되었다.

그래서 어린 시절 나는 새로운 정보를 전해 오는 친구를 의심하며 거부했던 것 같다. 새로운 기괴한 현실 앞에 머뭇거리며 등을 돌리고 말았던 것이다. 전쟁이 한창인 깊은 숲속 마을에서 겨자씨처럼 작고 불확실한 유년기를 어떻게든 살아 내려고 했던 나에게, 책은 현실로 이어지는 구름다리가 아니라 오히려 절벽 아래 어둠 속으로 베어 버리는 도끼였다.

전쟁과 가공

실제로 유년기의 나에게 책 속에 나오는 사물과 인간은 모두 가공의 것이었다. 외국인이나 맹수는 물론이고 빌딩·기차도 가공된 것이었다. 바다도 마찬가지였다. 전쟁 말기 그러니까 내가 유년기와 이별하게 되었을 때, 산으로 둘러싸인 마을 위로 작은 하늘을 가로질러 도시를 불태우러 가는 적국의 폭격기만이 현실적으로 느껴졌다. 버터·굴·샐러드는 가공이었다. 빵조차도 가공이었다. 교사들은 학생들이 교과서에 나오는 사물들을 전혀 모르기 때문에 결국 활자로 인쇄된 사물 이름과 현실의 사물을 대조 확인identification하는 교육은 포기했다. 학생들은 당혹스러워하기는커녕 그저 순응하기만 했다.

누가 일본 신화에 나오는 스사노오須佐之男命라는 신의 실물을 상상하려고 노력할까? 레몬도 커피도 신화와 같이 무한정 상상하기보다 그냥 방치하는 편이 낫다. 레몬을 본 적이

있는 아이도 있기는 했지만, 그것은 방추 모양의 노란 레몬이
아니었다. 그것은 분명 청색과 황색으로 얼룩지고 일그러진
시큼한 과일이었다. 씁쓸한 커피, 그런 것은 존재하는 걸까.
어른들이 마시는 커피란 짙은 갈색 깡통에 들어 있는 분말일
때, 이미 달짝지근하고 약간 탄내가 날 뿐이라고, 사치품의
맛을 보는 작은 좀도둑의 용기를 가진 급우가 증언하는 것만
으로 씁쓸한 커피란 말은 더욱 해독하기 어려운 수수께끼로
변했던 것이다.

　나는 어쩌면 골짜기 모든 아이들이 읽어서 헤지고 부풀어
오른 한 권의 만화책에 담긴 정경 하나를 지금 다시 선명히
떠올릴 수 있다. 늦잠 자는 돼지를 깨우기 위해서 아기 곰을
지도자로 하는 작은 동물들이 협의를 한다. 쥐가 심지를 도
려낸 캐비지(양배추) 안에 들어가 침대 위 돼지를 불러낸다.
캐비지는 저절로 굴러가는 것처럼 보여 식탐이 강한 돼지는
엉겁결에 침대에서 빠져나온다. 여기서 먼저, 침대가 가공이
었다. 그리고 옥색 알처럼 보이는 만화 속 캐비지가 가공의
물체였다. 이 세상의 것이라고 생각할 수 없는 이 둥글고 매
혹적인 물체를 내가 너무 열정적으로 동경했기 때문에, 어머
니는 우리 마을 밭에서도 키우는 양배추가 틀림없다고 알려
주었지만, 나는 이 대답에 기뻐하기는커녕 부당하게 창피를
당한 듯했다. 배추흰나비 애벌레가 사는 곳인, 그런 애벌레

16

냄새가 나는 양배추가 이 만화의 클라이맥스를 지배하는 눈부신 캐비지란 말인가? 나는 현실의 양배추를 거부하고 가공의 캐비지라는 몽상을 선택했던 것이다.

아버지의 죽음

아버지의 갑작스런 죽음은 책과 현실 생활 사이에 이어진 연결 통로를 가장 확실하게 끊어 버리는 역할을 했다. 아버지의 죽음은 내가 활자로 읽었던 어떠한 죽음과도 비슷하지 않았던 것이다. 아버지의 죽음이 나의 세계를 확장시켜서 여러 타인, 그것도 어른들과 아버지의 죽음에 대해 이야기했지만, 나는 서로 말하는 '죽음'이라는 단어가 실은 동일한 실체를 뜻하지 않는다는 사실을 깨닫고 말았다. 나는 타인에 의한 죽음이라는 말이 책에 나오는 죽음이런 활자처럼 가공의 단어로 느껴졌다.

아버지가 죽고 얼마 후에 같은 마을의, 그러나 골짜기에 사는 일반인과는 조금 다른 생활을 하고 있던 한 중년 남자가 죽었다. 그는 몰래 도살하려고 하는 많은 소를, 물론 비합법적으로 조달한 배로 한신阪神 지역에 운반하려고 심야에 세토내해瀬戸内海를 항해하다가 행방불명된 것이다. 오직 젊은 여자 한 명이 변사체로 발견된 남자 집에 남아 그 앞에 우두커니 서서, 마을 사람들의 위로를 들을 때마다 사고의 전말을 한바탕 이야기하고는 오열했다. 여기서 나는 저마다 입에서 죽음이라는 말이 나오기는 하지만, 하나가 되지 못하고 공허하게 엇갈려 사라지는 것을 느꼈다. 틀림없이 나는 가공이 아닌 실체를 갖춘 실제적인 죽음이라는 말을 사용하여 그녀와 이야기할 수 있었다. 그러나 절망한 젊은 여자는 어느 날 아낙네들 앞에서 한바탕 울부짖었고, 모두 낙엽을 모으러 자리를 뜨자 조용히 듣고만 있던 나를 세상 무서운 눈으로 노려보고는 어두운 토방으로 들어가 버렸다. 나는 뽕나무 껍질로 만든 꾀죄죄한 섬유 반바지와 측은한 일장기가 염색된 민소매를 걸친 골짜기 꼬맹이일 뿐이었다.

그 무렵에 가끔씩 나의 눈은 히스테릭한 시신경 이상을 일으키곤 했다. 화를 내거나 그냥 하나의 대상을 가만히 노려보고 있으면 모든 물체가 멀어지면서 축소되어 보였다. 그럴 때, 나는 시각에 있어서도 내가 나무 한 그루를 보고 느낀 크기와 위치에 대한 감각이 어떻게 타인이 보고 느낀 이미지와 동일하다고 믿을 수 있을까 하고 의심했다. 그러나 그렇게 생각하기 시작하면 유명한 연극 대사처럼 사람은 미쳐 버릴 수밖에 없다.

그래서 나는 책에 나오는 가공의 말을, 가공인 것 자체로 받아들여 즐기는 것으로 나로서는 아무리 노력해도 관련성을 찾기 어려웠던 현실의 사물로부터 멀어지기로 했던 것이다. 내가 깊은 숲속 골짜기 마을에서 자라면서 나무·화초·곤충·물고기와 같은 어쩌면 교양적 지식밖에 없는 것도 아마 그러한 탓이다. 유년기에 나는 어류학자 우치다 게이타로内田惠太郎의 책에서 지역별 물고기의 명칭을 활자로 읽고 남동생과 쫓은 민물고기의 정체를 밝혀냈다. 그러나 나의 내부에서 구체적 형태로 나타난 그 말, 예컨대 '산천어'란 실체는 상처투성이인 나의 작은 손바닥에 꼭 쥔 그것이 아니라 어류도감을 오랫동안 응시하며 획득한 것이었다.

가공의 무게

책 속의 말을 현실 세계의 사물로 끌어들이는 일 없이 그대로 수용하는 습관이 생기자, 그것은 오히려 습관이라기보다 골짜기 마을에 사는 난폭한 아이들 사회에서 꼬마 괴짜로 불리며 린치를 당해야 하는, 하나의 위험한 생활 방식을 선택한 셈이 되었다. 나는 완전히 현실 생활과 동떨어진 내용의 활자를 통해서도 현실에서 일어나는 물리적인 힘과도 같은 구체적인 충격을 받게 되었다. 주변에 있는 사물보다 책 속에 나오는 사물이 더욱 무거운 현실감으로 실재하는 순간을 나는 반복해서 경험하게 되었던 것이다. 숲과 골짜기가 가공이 되고 책 속에서만 발견되는 분명한 현실이 번쩍 머리를 들고 나를 정복하는 그 순간…!

툇마루 아래에는 나무 장작더미가 가득 채워져 있었다. 그 속의 무서운 어둠을 장작더미로 막아서 숨긴 툇마루 끝에 걸터앉아 SF작가 운노 쥬자海野十三의 소설을 읽었다. 그것은 아마도 잡지였거나 아동용 신문 연재 1회분이었는데, 어떻게 이것이 내 손에 들어왔는지 잊어버렸지만 그 앞뒤 호를 입수할 수 없었던 일은 똑똑히 기억하고 있다. 활자가 나에게 전달하는 정보나 사물 하나가 바로 일종의 로봇이었다. 그것은 그야말로 신출귀몰했다.

로봇은 자신에게 맹렬한 회전 운동 에너지를 가해 회전이 극한에 달하면 시공을 초월하여 어떤 장소든 자유로이 도달할 수 있다는 것이다. 나는 특히 그 로봇이 절정에 도달할 때 회전 비행접시처럼 변신한다는 표현에 강한 충격을 받았다. 나는 극한 공포에 사로잡혀서 지금 내가 앉아 있는 툇마루 밑 어둠 속에도 맹렬한 속도로 회전하는 그 비행접시가 숨어 있을지도 모른다고 생각했다. 장작 다발 따위로 툇마루 밑을 가리려고 해도 효과가 없는 것이다. 그 깊은 어둠 속에 회전 로봇이 이미 잠복하고 있어서 장작더미를 부수고 나타날 것이 분명하기 때문이다.

외출하고 집으로 돌아온 어머니가 괴로워하며 긴 시간 공황 상태에 빠져 꼼짝 못 하고 있던 나를 발견하고, 활자로 쓰인 것은 지어낸 이야기라서 진짜가 아니라며 나를 안심시키려고 했다. 그러나 나는 이 현실 생활과 활자 세계, 사물의 실재와 가공이 어느 한쪽에만 존재하는 것이 아니라고 느꼈다. 때문에 홀로 깊고 어두운 공포의 나락에서 떨어야만 했고, 나에게는 어머니와 어머니의 말도 무익한 환영과 같은 존재에 불과했다.

지금 생각해 봐도 유년 시절에 어떻게 내가 활자 너머의 어둠을 발견하고 회복할 수 있었는지 분명치 않다. 실제로 지금 이렇게 살아남아서 유년기의 가장 날카로웠던 위기를 회상하는 내가 지금 여기 존재한다는 것 말고는 탈출을 증명할 수 있는 방법이 없는 것이다.

나의 미을 연대기

숲에 둘러싸인 골짜기 생활은 유년기의 나를 활자 세계로 파고들게 하여 그 구석에서 현실 생활로 연결된 통로가 있다는 것을 인정하지 못하게 만들었다. 나는 가공의 세계에 틀어박혀 현실 생활을 거부하는 극도로 고양된 긴장감을 맛보았다.

그러나 그로부터 얻어진 지혜로 현실 세계의 사물을 해석하고 관련지으려는 시도는 하지 않았다. 다리는 연결되지 않았다. 만약 내가 책 속의 대화처럼 골짜기 아이들 무리와 이야기하려 했다면 사지가 멀쩡하지 못했을 것이다. 가장 폭력적인 조직의 무리에서 따돌림당하는 공포보다 더 크고 강한 장애물은 나의 수치심이었다. 그리고 교실에서 우리들이 쓰는 사투리가 아닌 표준어는 고역에 가까운 가공의 말이 되는 분노를 불러일으켜 책 속의 말을 사용해 볼 의지는 결단코 없었다.

그렇다면 내게 골짜기 마을의 역사라 이야기할 만한 것은 없었을까? 문자로 기록된 것은 모두 현실 생활과 관련 없는 가공의 것으로 거부한 이상, 만에 하나 마을과 취락의 역사가 기록된 문서를 입수했다고 해도, 나는 그것을 내가 포함된 실제 현실 생활의 역사로 인식하거나 실감 나게 읽지 못했을 것이다. 분명 복사판으로 찍어 낸 마을 연대기 같은 것을 낡은 책장에서 발견해도 조금도 흥미를 느끼지 못했다.

나는 골짜기 마을의 말로 구전되어 온 마을 역사를 이야기하는 사람 옆에서 귀담아듣기만을 바랐을 뿐이었다. 그런 말은 항상 부정확하고 시공간이 혼란으로 가득하며 어떤 한 사건만을 확대해서 이야기하는 불균형한 것이었지만, 그것이 활자로 인쇄된 것이 아니라는 유일한 이유로 나는 그 말을 믿었다. 게다가 분명 모순을 발견했고 혼란스러워하면서도,

모순과 혼란마저 있는 그대로 받아들여 가공이 아닌 현실 그 자체라 믿었던 것이다.

그리고 그런 모순과 혼란으로 가득 차 있기 때문에, 손이 많이 들어간 술 장식처럼 두툼하고 묵직한 현실 세계의 수직적인 흐름에, 나도 골짜기의 한 꼬맹이로서 편입되어 있다고 느꼈다. 갑작스러운 아버지의 죽음 이후, 나를 사로잡은 고정관념이 된 죽음과 광기의 불안에서 나의 벌거벗은 마음과 육체를 떼어 낼 수 있었다.

특히 유년기에 들었던 이야기의 시공간적 모순과 혼란을 깨닫게 되면서 실로 이러한 비논리와 혼란이 있기 때문에 가공일 리가 없다고 생각했다. 이것이 바로 내가 사는 현실이라 믿는 확신이 전해 준 농후한 평온함을 다시 육체적 감각으로 떠올릴 수 있는 것은 분석 대상으로 나름 의미가 있을시노 모른다.

이야기꾼 노파

골짜기 마을의 이야기꾼은 강아지 같은 얼굴을 하고 한쪽 다리를 저는 키 작은 노파였다. 그녀는 십여 년 전까지 이곳에 살았고 내가 고향에 돌아올 때마다 나를 찾아와 '추억담'을 이야기했다. 그 이야기 스타일은 상당히 독특했는데, 노파의 의식 세계에서 나의 존재는 우리 가문 삼대에 걸친 사람들이 하나로 농축된 구체적 상징이었다. 다시 말해, 나는 할아버지의 남동생이자, 아버지의 남동생이며, 현재 친형의 남동생이 된다. 골짜기 마을에서 셋째 아들은 이 고향을 떠나 살길을 찾아야만 하니, 그 가문의 아들 셋이 각각 골짜기를 떠났다는 이야기인데, 이야기꾼 노파의 인식에 따르면 그 아들 셋은 단 한 명의 인간이다.

결코 숲 마을을 떠난 적이 없는 노파의 생애에서 실제로 접촉한 적이 있는 아들 셋은 (그녀의 인생에서) 세 개의 시기로 나뉜다. 그녀의 의식에 자리 잡은 기억과 완전히 일치했다. 그런 노파는 내가 러일전쟁 때 병역을 피하기 위해 저지른 우스꽝스러운 계략을 흉보듯 이야기하고, 내가 불황을 맞아 초라한 몰골로 고향으로 도망 온 후에 한반도로 넘어갔다는 이야기에 괴로워 울고는, 조금도 이야기의 모순당착을 개의치 않고 패전 후 신제 중학교에 생긴 마을 아동농업협동조합에서 병아리를 키워 금전적인 성공을 거둔 내가 정말 자랑스러웠다고 말했다. 곁에서 이야기를 듣던 어머니가 과거 고용인이었던 노파에게 "아니, 그건 큰 숙부 이야기고, 다음 이야기는 숙부 이야기에요. 두 분 다 돌아가셨으니까 지금 당신 눈앞에 있는 건 삼대째에요."라고 계속 주의를 줘도 노파는 절대 당황하지 않았다.

그리고 나는 내가 세 아들로 겹쳐진 이미지로 노파의 의식 속에 실재했고, 노파가 각각 이미지를 분별하면서도 그것들이 동시에 존재한다고 인식하는 것을 이해했다. 또한 나는 유년기 시절에 경험한 이야기꾼다운 노파의 수다와 골짜기 마을의 적어도 70년 역사가 동시적으로 눈앞에 펼쳐지는 듯한 이야기를 매우 명확히 기억해 냈던 것이다.

노파에게 들은 역사 이야기 모티브는 원래 하나인데, 메이지 시대에 처음 이 골짜기 마을을 기점으로 일어나 마을에 흐르는 강 하류를 따라 대규모로 확산된 농민 봉기이다. 소녀였던 그녀는 봉기의 주모자를 회유하기 위한 도구가 되었다. 봉기는 특별한 성과 없이 진압되었고 주모자는 살해당했다. 그 젊은이가 얼마나 무법하고 난폭한 사람이었는지 반복해 이야기하다가, 노파의 다음 이야기는 그 죽은 젊은이가 쌀 소동으로 또 한바탕 난동을 부리고, 제2차 세계 대전에서도 동남아시아에서 중국 대륙까지 난폭하게 전투 중이라는 흐름으로 전개되는 것이었다. 노파는 메이지 초기와 같이 모든 시대에 편재하는 난폭한 남자의 연인이었다. 메이지 이후, 항상 이 남자와 함께 골짜기 마을의 역사에 참가했던 것이다. 실제로 지금까지 골짜기 마을에 살고 있는 그녀가 경험한 역사는 모두 동시적으로 여기 눈앞에 펼쳐지는 듯했다. 그녀는 이야기를 일단락 짓고는 우리 어린 청중의 관심을 끌기 위해 지금 빨리 집에 가서 봉기 주모자가 발 씻을 물을 끓여 놔야 한다고 말하는 것이었다.

나는 숲으로 나물을 따러 들어갈 때마다 나무들이 무성하여 어둡고 눅눅한 그곳에서 농민 봉기 주모자이자 쌀 소동의 선동자이며, 아직 끝나지 않은 전쟁의 군인이라는 젊은 무법자가 몰래 숨어 있는 듯한 기운을 느끼곤 했다.

그리고 나는 어린 무리들, 때로는 장년들을 포함해 침을 꼴깍 삼키며 집중하는 무리들에게 둘러싸여, 한가운데에 서서 메이지 첫해 일어난 봉기의 자초지종을 봤던 사람인 양 이야기를 들려주었던 것이다. 내 이야기 스타일은 노파를 완전히 그대로 답습하여 현장에 참가했던 자의 증언과 매우 흡사했다.

나는 내가 가공의 상상을 말한다고 생각하지 않았다. 내가 골짜기 마을의 인간이고 여기 살고 있으며 숲에 들어가면 그 젊은 무법자의 낌새를 느끼기 때문에, 나의 골짜기 마을 이야기는 어떤 활자가 의미하는 내용과 비교해도 가공일 리가 없다고 느꼈던 것이었다.

윌리엄 스타이런의 『냇 터너의 고백』

소설가 윌리엄 스타이런William Styron은 『냇 터너의 고백』을 통해 미국에서 흑인 최초로 대규모 반란을 일으킨 지도자 냇 터너가 어릴 때 다음과 같은 경험을 했다고 썼다. 세 살인가 네 살이었던 냇 터너가 친구와 놀 때 한 가지 꾸며낸 이야기를 했고 옆에서 듣던 어머니가 그것은 과거에 실제로 있었던 일이라고 말했다고 한다. 어린아이가 이야기를 계속 이어가자 더욱 실제 일어난 사건의 세부 사항과 명확히 일치하고 있었다는 것이다.

어른들은 냇 터너가 태어나기 전에 일어난 일임에도 불구하고 어린아이가 마치 그 사건을 마주한 것처럼 이야기하는 것에 놀랐다. 그리고 만약 어린아이의 탄생 전에 일어난 사건을 신이 계시해 준 것이라면, 어린아이는 예언자가 될 것이라 믿었다. 어린아이는 노예의 후손이지만, 만약 신에게 선택받은 아이라면 누구를 위해서라도 노예와 같은 일을 할리가 없을 것이다. 여기서 머지않아 흑인 반란의 지도자가 될 인물이라는 것을 민중이 알아차렸다.

윌리엄 스타이런의 설정은 이미 반란이 궤멸한 후에 옥중에 갇힌 흑인 지도자의 고백을 백인이 문장으로 써서 읽고 당사자에게 다시 확인받는 광경으로 그려진다. 유년 시절 지도자의 경험을 이야기하는 장면에서, 반란에 동참한 동지가 자신을 '가련한 흑인'이라 칭하며 매우 '가련한 흑인'의 언어로 추위와 굶주림을 호소하고 비참하게 구걸하는 울부짖음이 들려온다는 상황을 비극적으로 그리고 있다.

나는 『냇 터너의 고백』을 읽고 전쟁이 한창이던 숲 골짜기 마을에 사는 유년 시절의 나와 나를 둘러싼 어린 동지들이 있는 과거 시간 그대로 실재하는 장소로 순식간에 이끌려 갔다. 지금 여기서 내가 계속 기록하려고 하는 것은 단적으로 말하자면 책이 나에게 어떠한 경험을 가져왔는지, 책과 현실 사이에서 내가 어떤 상상력의 통로를 마침내 열게 되었는지 분석하려는 것이다.

우선 윌리엄 스타이런 소설은 나에게 중요한 역할을 했다. 그리고 나는 이러한 경험을, 현실 생활의 골짜기 마을은 물론이고 어느 장소에서도 내가 우리 가문의 셋째 아들인 관례에 따라 고향을 떠난 후에도 한 번도 마주친 적이 없지 않았을까 하고 의문이 든다. 그래서 나는 전쟁이 한창이던 유년 시절 아이들 무리로 둘러싸인 숲속 마을로 돌아가 윌리엄 스타이런 덕분에 그 전체 장면이 의미하는 것을 새롭게 이해했다. 과거에 존재했던 하나의 핵이 흐물흐물한 젤리처럼 애매모호한 상태가 아닌 확실하고 단단한 것으로 변했다.

말할 것도 없이 나는 이미 냇 터너가 반란을 일으킨 나이는 지나 버렸지만, 어떤 반란의 주도자가 된 적도, 앞으로도 그럴 일이 없는 비행동적인 소설가이다. 또 나는 지금까지 34년간 인간으로 생활한 어떤 순간도 신의 계시를 받은 적도 없고, 발광하지 않는 한 예언자 흉내를 낼 일도 없을 것이다. 그런데 전쟁 통 골짜기 마을에서, 메이지 봉기에 대해 마치 내가 경험한 것처럼 웅변하는 꼬맹이였던 나를, 대체 무엇이 감정적으로 고양시키고 침묵할 수 없도록 미칠 듯 뜨거운 기분으로 만들었을까? 또 이야기를 한번 시작하면 왜 그렇게 확신에 차서 말할 수 있었을까? 흥분으로 달아오른 침묵에 둘러싸여, 도시 아이들보다 훨씬 의심이 많은 꼬맹이 녀석들에게 역사 속 빈민들의 폭동을 어떻게 자기 경험인 양 이야기하는 오만함이 허용될 수 있었던 것일까?

이야기와 축제

그것은 내 터너를 포함한 흑인 사회에서의 신과 같은 존재가 우리 골짜기에서는 '축제'의 주체로 실재했기 때문이다. 우리는 어떠한 신에 대해서도 말하지 않았지만, 모두 한결같이 하나의 축제에 참가하기를 원했다. 축제의 핵심에는 농민 봉기 지도자의 환영이 존재했다. 우리 의식 속에 지나간 황금 시대의 축제를 재현해 주는 정신적 고양을 시대착오적 정동을 통해 노파가 만들어 냈고, 어린 내가 그것을 배워서 계승한 것이었다.

이렇게 아이들의 상상력 속에서 과거 어느 날, 어느 시각에 일어난 우리 마을 메이지 봉기의 난폭하게 날뛰던 인간, 사물, 소리, 아비규환과 화염 그리고 쌀 소동의 모든 움직임과 소리는 '울림과 분노'로 가득 찼다. 어린 우리들은 숲 위를 지나가는 바람 소리에서, 죽창을 휘두르는 무리의 함성과 쌀고리대금업자를 습격하는 쇠망치 소리를 들었던 것이다. 그때 메이지 봉기와 쌀 소동은 결코 가공이 아니고 더블 이미지의 환영도 아니었다. 그것은 동시에 눈앞에서 펼쳐지며 숲 골짜기의 어린 영혼에게 귀중한 무언가를 깨우치게 했다.

더욱이 마을 봉기 이야기가 아이들에게만 영향을 준 것만은 아니었다. 냇 터너의 어머니처럼 나의 어머니도 우리 이야기를 곁에서 듣고는 평소와 달리 격앙된 목소리로 양조장 술통이 터져 바닥에 수십 센티미터 높이로 파도치듯 사방에 넘쳐흐르는 술을 들통에 뜨려고 뛰었던 쌀 소동에 대해 이야기했다. 술통 테두리를 때려 부술 때에는 최고급 테두리부터 부수기 시작해야 한다며 소동의 실제적인 지혜를 알려 주었다. 지금도 나는 어머니가 실제로 그런 행동에 참가했을지 의문이지만, 아무튼 나의 어머니도 산골짜기 어린 무리에서 어쩌다 자기 아들이 꼬마 이야기꾼으로 뽑혀 메이지 이후 몇 번인가 있었던 소동이라는 '축제'의 기억을 소생시켰을 때 그로부터 고양된 감정과 뿌리 깊은 동요로부터 자유로울 수 없었던 것이다.

민속학자 야나기다 구니오柳田国男는 집단적인 상상력에 대해 반복해서 증거를 찾고자 했던, 아마도 우리 시대의 가장 거대한 이야기꾼이었다. 내가 아이들 무리와 함께 골짜기 마을에서 봉기나 소동 이야기=의식에 열중했던 시기를 전후로 하는 역사적 시점에서, 우리 민족이 이미 상실한 축제가 주었던 정신적 고양감에 대한 본질적인 의미를 지적하고 탄식했다.

즉, 삶의 보람을 "축제에서 삼분의 일, 정월에 삼분의 일, 오봉お盆(음력 7월 보름)에 삼분의 일 이렇게 단번에 얻게 된다. 나머지는 빈곤한 생활로 그 격차가 큰 만큼 그 흥분은 높았은 것이다"고 농민의 생활로 대표되는 생활 양식이 상실된 것을 야나기다 구니오는 탄식한 것이고 "가장 아쉽게 느껴지는 것은 일본인이 지금까지 오랫동안 맛본 흥분이다. 정결한 정신적 흥분에 동반되는 상상력이 전부 사라진 것은 평소 너무 흥분의 요소가 많기 때문"이라 말한다.

기억력 문제가 아니라, 기억 안에서 시간 배열을 완전히 무의미하게 느낄 정도로 여러 시대 인간과 사물을 동시적으로 자기 의식 속에 되살린 노파와 그 이야기를 그대로 모방

하여 자신이 그 유기체가 되는 물리적 확장성에는, 역시 골
짜기 안에 갇힌 부자유가 있다. 그러나 깊은 역사 속에서 정
신이 아득해질 정도로 머나먼 어둠으로 이어지며 유기체를
확인한 수다쟁이 아이와 그 이야기를 골짜기 마을의 통일된
경험으로 받아들인 어린 무리들은 '축제'를 소생시켰다.

이것은 대도시에서 생활하는 민속학자가 지적한 대로 진
정한 고양감이 상실된 정기 가을 축제와는 차원이 다른 것이
었다. 실제로 전쟁 중에 마을 축제는 금지되었기 때문에, 이
야기꾼이 소생시킨 메이지 봉기와 소동이야말로 '정결한 흥
분'을 일으키며 '상상력'을 폭넓고 강하게 해방시키는 진정한
축제였던 것이다.

유년기에 나는 이에 필적할 만한 고양감과 상상력의 해방
을 인쇄된 활자로부터 얻은 적은 없었다. 그것과는 다르지만
'정결한 흥분'과 '상상력'이 활자로 전달된 일이 있기는 했다.
그러나 언제나 그것과는 다르다는 애매하고 한정적인 말을
덧붙이게 된다. 머지않아 어린 이야기꾼 견습생인 나는 어느
덧 성장하여 다시금 그 고양감과 상상력의 해방을 활자로 재
현하려 했다.

그러나 이윽고 흙먼지 가득한 골짜기 아이들이 둥그렇게
모여든 중심에서 흥분과 불안을 함께 느끼며 실감할 수밖에
없었던, 스스로 미세한 세포 하나가 되어 역사의 어둠 속 거

대한 뿌리를 내린 그 유기체를 다시는 느낄 수 없게 되었다. 그의 이야기를 듣는 사람의 수는 비교할 수 없을 정도로 많아졌지만, 그들은 같은 유기체로부터의 미세한 빛과 어둠을 공유한 자들은 아니었다.

무엇보다 우선 글을 쓰는 자인 그 자신이 유년 시절에 현실 대조identification의 불가능성을 일찍이 인식했기 때문에, 처음 그 활자를 통해 어린 이야기꾼의 노력을 재현하려고 했던 것이 아닌가 하고 자각하기에 이르렀다.

공동의 상상력

지방 작은 촌락에서 특히 무장하고 행동하는 훈련을 받지 않고 일으킨 봉기와 소동은 그것을 현실에서 경험한 자들에게 아마도 하나의 '축제'가 아니었을까. 이것은 같은 마을에 계속 살고 있는 후손들이 상상력 속에서 전제로 하는 가설이다. 실제로 구체적인 상상을 실행한 자들에게 그것은 가설이라기보다, 열정과 불안이 교차되는 경험과도 같은 것이었지만, 이러한 발상에 강인한 빛을 발견한 것은 우리 지방 역사책도 아니고 농민 봉기에 대한 기록을 집대성한 책도 아니었다.

예를 들어, 역사학자인 오노 다케오小野武夫의 『도쿠가와

백성 봉기 총서』와 『유신 농민 봉기담』은 직접적으로 또는 비유적으로 다양한 생각을 불러일으켰다. 그렇다고 활자로 써진 모든 것에서 발견한 가공의 감각을 상쇄시킬 만한 성격의 것은 아니었다. 나의 고향에서 일어났던 봉기와 그 숲 건너편의 봉기가 활자로 표현된 책을 만날 때에는 오히려 이상한 당혹감마저 느꼈다.

역사학자의 공들인 연구에 경의를 표하지만 온갖 혼란과 의식적·무의식적 비틀림 속에서 기괴한 동시성을 자아냈던, 분명 문자를 쓰지도 읽지도 못하는 노파의 이야기 외에 어떤 것도 인정하지 못하는 자신을 늘 발견하게 되었다. 그리고 어릴 적에 이따금 무섭다고도 생각했던, 크고 붉은 입을 가진 하얀 얼굴에 한쪽 다리를 저는 노파의 이야기 방식과 나의 상상력 사이에 흡사 피가 통하는 통로가 있다는 사실에 놀라기도 했다. 노파는 진정한 의미의 첫 스승이었던 것이다.

앙리 르페브르의 『파리 공동체』

그런 내게 갑작스러운 각성과도 닮은 완전히 새로운 방향으로부터의 계시와 같은, 유년기에 경험한 고양감과 상상력에 분명한 방향성을 제공한 책이 프랑스 학자 앙리 르페브르 Henri Lefebvre의 『파리 공동체』였다. 책의 메시지는 프랑스에서 시작되어 도쿄에 있는 나에게 도착했고 다시 시공간을 넘어 유년기의 내가 실재했던 숲 산골짜기를 향해 날아갔다. 그것은 내 의식에 흉터처럼 각인되어 더 이상 결코 박리되지 않는 경험이 되었다.

이 경험은 확실히 그 출발점이 앙리 르페브르 원고가 인쇄된 활자에 의한 것이었다. 그러나 이 경험은 역방향에서 이름조차 기억에 없는 노파와 나를 포함한 꾀죄죄한 꼬맹이 무리들에 의해 뒷받침되었다. 내 의식과 상상력의 현장에서 앙리 르페브르를 읽고 이 두 방향으로부터 도달한 메시지와 만났을 때 하나의 경험을 구성하게 되었다. 또 나는 『파리 공동체』와 함께 좁은 서재에 틀어박혀 있던 사이에 대학 캠퍼스와 길거리에서 대담하고도 절망적으로 실재하며, 거칠게 행동하는 학생들의 존재가 이 경험에 그림자를 드리웠던 것도 부정할 수 없다. 독서란 무엇인가? 내게 독서란 이러한 여러 지점으로부터 집중된 다양한 충격과 자극의 총체이다. 이 구체적인 경험이 나의 독서나 다름없었다.

가장 단적으로 앙리 르페브르의 메시지가 어떻게 나를 관통하고 유년기와 시대조차 애매모호한 농민 봉기 소동 이야기로 향해 갔는가. 말하자면, 그는 "공동체 고유의 스타일은 '축제' 스타일이었다"고 규정했고, "파리 공동체는 무엇이냐, 그것은 먼저 거대하게 확대된 '축제'였다"고 서술한 관점과 이어진다.

이 외의 르페브르와 같은 저명한 연구자들의 파리 공동체에 대한 고찰에 따르면, 그것은 다양성을 갖춘 파리 민중이 직접적인 지각을 통해 실감하며 수용한 근본적 요구에 기초하여 "파리는 어떻게 혁명적 열정을 살아 냈는가"(이와나미서점)를 보여 주는 '축제'의 총체이다.

축제라는 말은 그대로 야나기다 구니오의 말과 연결된다. 파리 공동체 민중도 역시 혼란으로 가득하지만 생동감 넘치는 상승 단계에서는 분명 '정결한 흥분과 상상력'으로 충만했을 것이다. 우리는 프랑스 작가 쥘 발레스Jules Vallès에게서 그것을 알 수 있다. 언론인 리사가레Prosper Olivier Lissagaray로부터도 배울 수 있다. 혁명기에 있었던 비극적 총체는 '정결한 흥분'을 일으키며 가슴을 파고드는 삽화가 증명하듯 '축제'임에 틀림없다는 사실과 어떻게 거대하고 지속적인 상상력의 해방을 이루었는지도 우리는 알게 될 것이다.

파리 공동체로부터 굵은 혈관으로 이어지는 중국과 쿠바, 그리고 매력적인 냇 터너의 후예 엘드리지 클리버Eldridge Cleaver로 이어지는 미국 축제에 대해 더 이상 새롭게 이야기할 필요도 없으며 가능하지도 않다. 지금 내게 중요한 것은 어린 시절 골짜기 마을에서 일어난 작은 상상력의 축제에 파리 공동체가 비춘 빛과 혹은 어두컴컴한 그림자에 대해 서술하는 일이다. 그것은 분명 나 외에 누구도 시도하지 않을 것이고, 내게 있어 그것은 근원적으로 중요한 일이기 때문이다.

도시 생활자들은 숲속 작은 취락에 대해 다양성이 결여된 일원적인 공동체와 같은 이미지를 갖고 있을지도 모른다. 그러나 실제로 농민들과 소상인들이 모인 골짜기는 분명 다양성으로 가득한 세계이다.

그리고 그런 좁은 장소에서 농민 봉기와 폭동에 참가하여 우연히 주모자로 추앙받은 자가 하나의 권력을 장악하는 것은 기대하기 어렵다. 주모자로 선택된 순간, 그가 가장 비참한 최후를 맞는 것은 결정된 일이다. 농민들과 소상인들이 각자 주체적으로 또한 직접 지각하며 느끼고 수용했던 총체가, 초라한 거적조각 깃발을 걸고 강 하류를 따라갔던 그 가련한 농민 봉기의 무리였나.

그러나 그들을 사로잡은 것은 격한 흥분이며, 오랫동안 억압된 그들의 상상력은 생명을 불어넣게 했다. 파리와 비교하면 초라하기 그지없는 곳이지만, 숲속 골짜기는 그 자체의 독특함과 열정으로 비극적인 축제를 실현한 것이다.

파괴된 상상력

이야기꾼 노파와 어린 내가 농민 봉기와 소동을 주제로 열정을 담아 풀어낸 가공의 경험담은 모두 진정한 축제에 대한 갈망이 투영된 것이었다. 우리는 흥분하여 상상력의 날개를 펼치려 했다. 허름한 옷을 걸치고 식량난에 허덕였던 노파와 아이들은 억압된 전쟁기의 현실에서 살아남아 무의식적으로 날카로운 균열을 일으킬 무언가를 추구하고 있었다. 직접적이고 근원적으로 그것을 희망한 끝에 시대착오적이고 예스러운 이야기에 열중했던 것이다.

앞서 언급한 대로 전쟁 중에 정기적인 축제는 금지되었다. 천황제 피라미드의 말단 관리가 후방 국민인 우리들 골짜기 시골 마을을 시찰하러 오면 그 권력에 대항할 자는 아무도 없었다. 그런 시대에 거의 정신이상자와 같은 노파와 짱구머리였던 나만이, 한 명의 골짜기 무법자가 농민 봉기 주모자가 되어 강 하류로 밀고 내려가 중앙 관청 관리를 자결하게 만들었다는 이야기를 저속한 웃음거리도 섞어 가며 이야기해 댔던 것이다. 그것은 보잘것없지만 분명히 중요한 일이었다. 메이지 첫해 봉기로부터 소동을 거치며, 한번 개방된 상상력은 계속 그곳에 흐르고 있었다고 볼 수 있다. 이야기를 들은 아이들은 견딜 수 없는 정신적 고양감을 품고, 각자 구체적인 세부를 보전하기 위한 상상력을 조심스럽게 행사한 것이다.

국가 차원에서 다양한 상상력을 짓밟은 전쟁의 때에 숲속 좁은 골짜기 마을에서. 설령 책이 가공의 세계를 향해 해방시켜 준다고 하더라도 농민 봉기와 소동을 둘러싼 이야기만큼 지금 내가 경험할 수 있는 감각으로 농밀한 상상력의 해방을 나에게 전해 준 책은 주변에 없었다. 나는 새로운 책과 만날 때마다 열중했지만 항상 그것은 현실이 아닌, 현실에서 일어날 수 없다는 조건에서만 집중할 수 있었다. 때문에 책 내용이 공상적이고 비현실적이라도 나는 그것에 충격을 받는 일은 없었던 것이다.

묵직하고 고풍스러운 책 뤼팽을 여러 권 읽었지만 상투적이고 기상천외함에 마음이 동요되거나, 터무니없는 몽상이라 도덕을 내세워 반발하는 일노 없었다. 반대로 언젠가 담임교사가 특별히 빌려준 소년 소설을 다 읽고 그것을 반납하러 갔을 때, "네게 만약 이 책과 같은 일이 일어나면 어떻게 할래?"라는 질문에 나는 당황하기도 했다. 나에게 활자로 적힌 이야기만큼 가공 중의 가공, 꿈속의 꿈 그 자체인 세계는 없었던 것이다. 이러한 교사와의 대화에서 나는 다시 말을 더듬기 시작하여, 현실 생활의 모든 세부와 충돌하여 말을 더듬었지만, 오직 노파의 이야기 방법을 따라 골짜기 무법자

이야기를 내 경험담처럼 이야기할 때에만 더할 나위 없는 달
변가가 되어 말을 더듬지 않았다.

책이라는 출구

지금 아마도 나는 기억의 세부에 대해 다양한 왜곡을 일으
키며 회상하고 있을지도 모른다. 앞서 언급한 것처럼 실제로
나는 말을 더듬는 정도가 심하지도 않았으며, 예외적인 때에
만 수다스러운 아이가 되었던 것도 아닐지 모른다.

그러나 전쟁 말기가 되어 우리들 골짜기 마을로 도시에서
피난 온 아이가, 나의 경험담 같은 농민 봉기와 소동 이야기
를 듣고 곧장 앞뒤가 맞지 않는다고 지적하며 거짓말쟁이라
조롱한 때부터 현실 생활 속 이야기는 어떤 탈출구도 없는
고역으로 변했다. 내가 우리 가문 셋째아들의 삶의 전형대로
고향을 떠나 도시로 나가야만 했던 만큼 다시 나에게는 책
속 가공의 세계가 절실하게 필요했다.

나는 골짜기 마을 사람들이 고양감과 상상력을 해방시켰
던 옛이야기를 모두 거짓말이라고 거부하는 이들과 함께 현
실에서 뒤섞여 미래를 살아야 한다는 두려운 예감으로, 이러
한 현실 세계보다 완전한 가공으로서의 책이 더 낫다고 깨닫
게 된 것이었다.

2. 말이 거절하다

책 속의 자유

나는 숲 골짜기 마을에서 전해 내려오는 말 외에 어떠한 말도 진정한 말이 아니라는 미세한 싱후를 발견하게 되었다. 지금 텔레비전 방송은 골짜기 말 자체를 바꿨다. 또 많은 노인들이 그들이 쓰던 골짜기의 말과 함께 죽었다. 그들은 말의 유산을 남기는 대신 살아 있는 자들이 나눠 가졌던 말의 소유권조차 함께 가져가 버린 듯하다.

내가 새롭게 현실 세계에서 진정한 말, 진짜 입말을 전적으로 재발견하는 일은 없을 것이다. 나 또한 그것은 상실했기 때문이다. 남겨진 것은 패색이 짙은 군 진영의 어색함뿐이다. 이것은 진정한 말, 진짜 입말이 아니라는 위화감을 감지했다. 그렇다면 이것에 상대되는 진정한 말과 진짜 입말의 실체를 통해 답해야만 한다. 분명히 위화감만은 전달되었지만, 나의 내적 목소리는 결국 침묵할 뿐이다. 때문에 산골짜기 숲에서 출발한 나는 사람들의 말 속에서 자유로운 감각을 맛볼 수가 없었다. 나는 언제나 속박되어 있었다. 그리고 오직 활자로 인쇄된 말이 나를 해방시켰다.

마치 이러한 해방은 현실에서 결코 만날 수 없는 것이고, 그렇기 때문에 현실적인 피해 보상이 불가능한 두려운 어둠에서 나를 풀어놓는 행위였다. 또 나를 공격하는 어둠 속 괴물이 현실에서 어떠한 영향도 끼치지 않는, 홀로 공포 속에서 고립무원을 경험하는 해방이라 할지라도, 어쨌든 활자는 나를 해방시켰다. 나는 책 속에서만 허락된 자유의 황홀감과 고통을 맛보았다고 밖에 말할 수 없다.

사실 나는 숲속 골짜기에서 자란 인간으로서 자유를 맞는다는 것이 두려운 체험이란 사실을 경험적으로 알고 있었다. 이따금 해방된다는 것은 추방되는 일이며 공동체로부터 최종적인 죽음을 선고받는 일이라고 실감했다. 적어도 이러한 지식과 감정을 의식과 무의식으로 계승하여 온 것이다.

사르트르의 『파리 떼』

대학에 들어가 새로운 활자인 프랑스어의 세계에서 실존적인 자유를 쟁취한 인간의 공포심과 고양감과 마주했을 때, 나는 당황하지 않고 구체적으로 확실히 수용할 수 있었다. 그 자유라는 선택은 숲속 골짜기 마을의 옛이야기 속 규약을 따랐던 것처럼 나를 납득시켰고, 주인공의 공포와 고양은 금세 나에게 감염되었다. 사르트르Jean-Paul Sartre의 『파리 떼』에서 자유와 피로 얼룩진 젊은이들의 말은 아래와 같이 조금 다른 감각으로 여운을 남겼다.

> 나는 땅도 부하도 없는 촌장이 되고 싶다. 제군이여, 모두 잘 있거라. 살아 내기를 시도하라. 여기서 모든 것이 새롭게 시작될 것이다. 내게도 새로운 삶이 시작된다. 어떤 기묘한 삶이 말이다.
>
> (진분쇼인)

그리고 이것이 내 상상력을 불러일으킨 것은 바로 눈이 쌓인 원시림으로 도망치는 지도자의 초상이었다. 골짜기에 전해지는 것은 아마도 반역사적으로 뒤틀려 있겠지만, 이야기꾼들은 왜곡되었든 그렇지 않든 전혀 신경 쓰지 않는다. 어쨌든 서로 중첩되는 몇 가지 봉기 이야기에는 권력에 유린당하거나 위태로운 균형 속에서 짧은 승리를 거둔 농민들과 그 후에 대한 정보들이 약간 들어 있다.

그러나 도망치는 부분은 이야기가 아주 딴판이다. 이처럼 자유롭게 해방되었지만 토지를 떠나는 이상한 농민 무리들의 진정 불가사의한 삶에 대해서는, 그 누구의 이야기도 남기지 않는다. 여기서 나는 사르트르의 주인공을 통해 되살아난 나의 고향 옛이야기의, 완전히 절망적인 조건에서만 자유를 쟁취한 자포자기 해방자들의 이미지에 스스로 언제까지나 책임감을 느껴야만 했다. 그리고 점차 내 안에서 진행을 멈춘 반역사적 시간 속의 도망자들과 내가 겹쳐지면서, 기묘한 생의 이미지가 떠오르는 것을 발견하고는 그것이 진정한 나라고 깨닫기도 했다.

이방인 체험

특히 이 깨달음의 순간은, 나에게 구체적 경험으로 이방인들 사이에 있을 때에 나타났다. 케임브리지 지하철역 앞 광장, 학생협동조합의 백화점과 은행, 한낮에도 다소곳한 알콜 중독자들이 숨어 있는 어두운 술집과 대학 캠퍼스와 주변 광장의 한 상점에서 과일과 포켓북을 사고 거스름돈을 기다리는데, 계산대 유리에 갑자기 동양인 얼굴이 비칠 때에, 그는 긴장된 상태로 나를 응시하고 있었다. 당연히 그는 내 얼굴이었다.

그러나 나는 애써 '아니, 이건 바로 나다'라고 의식하면서 여러 저항을 무릅써야만 그것을 인지할 수 있었다. 그리고 유리에 비친 나를 바라보는 동양인에게 너는 산골짜기를 도망쳐 이렇게 먼 곳까지 어찌 왔는가, 어떤 말로 이야기하는가, 너의 가족과 너의 정신은 어찌 되었는가, 그래서 잘 되었나, 행복한가? 하고 끈질기게 따져 묻고 싶은, 미칠 것 같은 정념을 느낄 수밖에 없었다. 여기서 행복한가? 란 질문은 미국 동부 대학가에서 경험한 것을 단적으로 나타내는 것이었고, 그리운 기억으로 떠오른다. 그리고 나는 금속으로 코팅된 종이컵의 차가운 오렌지주스를 따로 사고, 술 파는 가게에 들러 대용량 진gin을 사서 오후 계획을 모두 취소하고는 기숙사로 돌아왔다. 침대에 옷을 벗고 주저앉아 갑자기 마주친 도망자 무리들에게 "행복한가?"라고 추궁당한 것처럼 혼란을 주체하지 못한 채 술과 주스를 계속 마셔 댔다.

나는 한겨울 바르샤바warszawa나 네바neva강 둔치에서, 때로는 가을의 파리에서, 그리고 언제나 여름인 호주 북부에 있는 구르트아일런드섬groote eylandt에서 비슷한 경험을 했다. 그 경험 하나하나를 여기에 다 기록하는 것에 각별한 의미는 없을 것이다. 결국 그것들은 모두 한 번뿐인 경험이자,

동시에 모두 동일한 경험이기 때문이다. 호주 원주민이 유럽인 노동자와 함께 고무나무 숲에 있는 망간이나 철광석을 채굴하는 현장에서 야영 생활을 하고 있었다. 저녁 식사 후에는 캔 맥주를 마시면서 영화를 보기 위해 모여들었다. 야외에 설치한 극장에 불이 켜져 있을 때에는 유럽인 노동자의 눈을 의식해 소극적이던 원주민이, 영화가 시작되고 어두워지자 다름 아닌 나에게 악수를 청하며 다가온 것이다. 이때 나는 다시금 스스로를, 구르트아일런드라는 지구 반대편의 작은 섬에 있는 어느 숲에서 도망친 자의 후예인 것을 절감했다. 그리고 이제 마음을 터놓고 원주민과 함께 소리 높여 웃으면서 작은 화면 속 마릴린 먼로Marilyn Monroe를 바라보며 느낀 이상한 평온함에 대해서도…, 이에 대한 기록은 이쯤해 두겠다. 숲에서 빠져나온 도망자에게는 진정 모든 것이 새롭고, 모든 것이 새롭게 시작되는 새로운 삶이자 기묘한 삶이다. 『파리 떼』에 나오는 대사처럼, 우리가 살아 내기를 시도한다면….

활자 너머의 세계

나는 숲속 골짜기에서 빠져나와 진정한 이야기라 여겼던 골짜기 봉기 이야기에 어울리는, 반역사적인 시제의 말들을,

어느 누구에게도 하지 않으려고 다짐한 도시에서, 현실 속으로 나를 밀어내기보다 활자 너머의 세계에서 내가 해방되기를 바랐다. 이미 언급했듯이 여러 장소를 여행했고 점차 나 자신을 변화시키기도 했지만, 기본적인 내 생활은 활자를 통해 파악된 세계와 현실 세계와의 대조 작업을 피하려는 태도로 일관되어 있었다.

나의 진정한 새로운 삶, 기묘한 삶은 활자 안에서 가장 짙고 뚜렷하게 형태를 드러냈다. 처음부터 그것은 현실이 아니었다. 가공의 환영에 불과했다. 그 현실과 가공을 잇기 위한 상상력의 기능에 대해, 나는 아직 의식적으로 생각하지 못했다. 그러나 내가 막연하게나마 보다 근원적으로, 그 기능을 예감하지 못했다고는 할 수 없다. 머지않아 나는 특히 성적인 것과 정치적인 것에 대해 이야기하면서, 스스로 어떻게 상상력에 대한 자기 인식을 구성해 갈까를 확인하게 된다.

아무튼 내가 지금 여기서 명시할 수 있는 것은, 현실에서 직접 세인트루이스Saint Louis에서 미시시피강을 따라 긴 시간을 거슬러 올라가 『허클베리 핀의 모험』의 가공 세계에 나오는 미시시피강을 본 경험이다. 실제로 내 눈에 비친 다갈색 빛의 강을 바라보며, 가공과 현실을 대조해야 할 필요를 느끼지 못했다. 난터겟Nantucket섬에 가서 돌이 깔린 길을 걷거나, 자전거로 백사장을 달리거나, 수영하고 모래에 누웠을 때도, 『모비딕』에 나오는 그 가공과 현실을 대조하려고 조급함을 느낀 적은 없었다. 서로 다른 두 세계가 실재하고 있었다. 그리고 그 관련성에서 생각할 때에 어느 쪽이 현실 세계의 나를 만들어 냈냐고 묻는다면, 허클베리로 불리는 가공의 소년이 "내가 원한 것은 그냥 어디론가 가는 것이었다. 내가 원한 것은 그냥 변화였다. 다른 곳이라면 어디라도 좋았다"(이와나미문고)라고 말하는 것을 진정한 내면의 소리로 느꼈다고 하겠다.

또한 『모비 딕』에 나오는 이슈메일이란 가공의 청년이 "입이 무거워 괴로움이 느껴질 때, 마음속에서 눅눅한 11월의 비바람이 몰아칠 때, 우연히 장례사의 집 앞을 지나가다 장례 행렬을 뒤따라갈 때, 우울한 기분이 나를 지배할 때, 어지간히 강한 도덕심과 자제력이 없다면 일부러 길에 뛰쳐나가 타인의 모자를 일부러 벗겨 버리고 싶을 때──이런 때에는 되도록 더 빨리 바다로 가야만 했다. 이것이 내게는 권총과 총알의 대체품이다. 나는 조용히 바다로 간다"(이와나미문고)라 말하는 소리가 반쯤 내 목소리와 같다고 느낀 것을 인정할 수밖에 없다.

더욱이 오랫동안 나를 부끄럽게 한 불안과 판단 유예를 헤매는 상태에서 던져 왔던 현실적인 질문은, 책들에서 발신된 것이었다. 실제로 숲속 골짜기로부터 먼 곳을 날아와서 마크

트웨인Mark Twain기념관의 큰 오르간 옆에 서 보거나 허먼 멜빌Herman Melville과 관련된 고래잡이 박물관에서 복원된 선내 대장간 세부를 응시한다 할지라도, 즉 이렇게나 아득히 도망쳐 왔지만 그 질문들은 나를 자유롭게 하지 못했다.

나의 내부에서 지속적으로 질문을 던지는 허클베리는 나처럼 "난처한 입장"을 맛본 소년이다. "나는 떨고 있었다. 왜냐면 나는 영원히 두 가지 사이에서 어느 한쪽을 선택해야만 했기 때문에. 나는 숨죽이며 1분간 가만히 생각했다. 그리고 마음속에서 말한다. '그래 좋다, 나는 지옥으로 가겠다.'"

그리고 그는 "이보다 더 나쁜 것이 생각난다면, 그것도 해버리자. 왜냐면 난 이제 영원한 구덩이에 빠져 버렸기 때문이다."라고 말하며, 일단 그가 결정한 선택을 따라 앞으로 나아가는 자유로운 소년이었다. 그리고 나는 정말 오랫동안 내게 이 1분간은 언제 찾아올까, 깊은 감정의 동요를 느끼며 사춘기를 보낸 인간이었다.

그리고 나는 "내 영혼은 부서지고, 광인의 노예가 되고 말았다. 제정신으로 이런 상황에서 견뎌야 한다는 것은 끔찍한 고통이 아닌가. 그러나 그 사람이 나의 바닥까지 침투해서 이성을 내쫓고 말았다. 신을 두려워하지 않는 인간의 말년은 불 보듯 뻔하지만, 그의 심부름꾼이 되는 악령에 씌고 말았다.

소멸하지 않는 무언가가 억지로 나를 그에게서 묶어 놓고, 그 어떤 칼로도 끊을 수 없는 밧줄로 포획했다. 두려운 노인이다"라고 말하는 이슈메일의 동료가 한탄하는 것처럼, 두려운 인간과 만날 예감을 품은 청년이기도 했다. 그것도 특히 내 머릿속에서 그와 같은 "두려운 노인"이 광기를 발견하고 힘을 발휘하지 않을까, 의심하기도 했던 청년이었다.

혼돈의 외국어

나는 이 이야기를 난터겟 섬에서 붉은 모래에 절반 몸을 파묻고, 똑같이 이 지구에 얼마나 몸을 밀착시킬 수 있나 실험이라도 하는 듯한 모습의 프랑스인 여자 친구들에게 했다. 친구는 법률 전문가로 동남아시아에 있는 대학에서 일한 적도 있고, 작가이기도 했던 독특한 사람이었다.

내가 도쿄의 대학에 있는 동안에 누구에게도 이 활자 너머의 어둠에서 뛰쳐나온 괴물에 대해 말할 수 없었다고 하자, 친구는 "부끄러워서 그런 것인가, 그럼 지금은 왜 부끄럽지 않은가?" 하고 악의 없는, 게임을 위한 가벼운 야유처럼 반문했다. 그때 나는 아직 이 1분간의 숙제도, 두려운 노인의 문제도 모두 해결하지 않은 상태였기 때문에, 가벼운 기분으로 던진 반격은 나의 폐부를 찌르는 듯했다. 그렇게 입을 다물고 얼굴이 붉어진 나를, 프랑스인 무리 중에서 영어를 쓰는 친구가 구조해 주기 위해 "그건 네가 모국어로 말하는 게 아니기 때문이지"라고 말했다.

모국어, 확실히 이 말을 들은 순간, 난터겟 섬 모래사장은 현실감을 잃고 나이 육체=영혼은 일본으로 돌아와 도시가 아닌 숲속 골짜기로 되돌아가는 것을 느꼈다. 나는 내가 숲속 골짜기를 늘 순환하는 바람처럼 잃어버린 진정한 말을 찾아 헤매는 생령生靈처럼 느껴졌다. 그때, 나는 근원적인 분열의 그 갈라진 곳에 가닿았다.

이와 비슷한 이야기로, 나는 미시시피강을 따라 내려가던 자동차 앞 유리를 통해 거대한 석양을 바라보고 있었던, 젊은 미국학자와의 어색한 대화가 떠오른다. 하루 동안 미시시피 강 주변에서 시간을 보내고 우리는 피곤했다. 미국인이 일본어로 말하고 있었다. 그리고 그의 말을 나에게 충분히 이해시키지 못했다는 것을 그도 알아차리기 시작했다. 그러다가 갑자기 그는 영어로 말하기 시작하면서 기분이 바뀌었다. 이번에는 내가 같은 곤란에 처했다. 영어로 대답하는 동안에, 나는 실재하는 것이 아니라 환영일 뿐이라고 느껴졌다. 나는 다시 일본어로 말하려고 했다. 그러자 두 사람은 어둡고 광활한 강과 석양만을 바라보며 침묵하고 말았다. 그러나 그 침묵 속에서 느낀 것은 난방 장치 속의 뜨거운 물처럼, 밖으로 새지는 않지만 항상 순환하고 있는 말은, 각각의 사이에 두려운 균열을 만드는 이질적인 언어라는 사실이다.

나는 그 하루 동안, 미국인과 허클베리 핀에 대해 이야기를 나누면서 얼마나 실질적인 내용을 그에게 전달했고, 얼마나 실질적으로 받아들였는지, 일몰 후의 강을 내려다보며 암담한 심정으로 생각했다. 그리고 나의 내부에 있는 진정한 말과 현실에서 사용하는 말인 일본어와는 완전히 다른 말의 나라 속에 있는 나를 무력하게 울부짖는 아이처럼 느끼며 미국을 두려운 침묵의 대륙과도 같이 의식했다. "말 따위는 기억하지 말았어야 했다"라는 탄식과 분노가 담긴, 누군지 불확실한 시인의 목소리가 내면에서 메아리쳤다.

나는 이제까지 반복해서 이야기한 것처럼, 진정한 말을 상실하면서 활자 너머 어둠을 향해 나 자신을 추방시켰다. 그리고 한번 그 세계에 들어가면, 그곳에서 만나는 것들을 새로운 현실 세계와 대조하지 않아도 받아들일 수 있게 되었다. 그것은 매우 불안하고 불균형한 현실에 있는 나 자신을, 일종의 가공의 것과 함께 통합적인 존재로 전락시키는 일이었다. 거기서 나는 이 활자 너머의 어둠에서 결국 모든 존재가 충분히 증명되지 않았기 때문에, 또 하나의 활자, 또 다른 활자의 습득을 원했던 것이 아닐까? 그러나 이 또 하나의 활자, 또 다른 활자를 학습하는 외국어 학습을 시작하자, 새로운 확장과 무게감에서 말의 딜레마는 훨씬 복잡한 단계로 진전되었다. 혼란의 소용돌이는 가속되었고, 그것에서 증류된 것 또한 다양해졌다.

또 하나의 활자

활자에 펼쳐진 어둠과 빛 속에 있는 사물을 현실 세계로 끌어내는 조작에 의해서 생명을 부여할지 말지를 결정하지만, 나는 단적인 가공과 현실의 대조 작업을 원하지 않는 상태였고, 이제 막 청년기에 접어든 나의 정신은 외국어라는 또 하나의 활자, 또 다른 활자의 학습이 필요한 새로운 출발점에 서게 되었다. 그런데 나는 두 언어 사이를 연결시키는 작업으로 대조를 위해 사전을 펼치고 싶지는 않았다. 오히려 나는 일본어와 영어, 그리고 프랑스어의 두 개 혹은 세 개의 단어를 대조시키며 그것들이 서로 저항하는 긴장된 자기장으로 들어가서 나의 육체=영혼에 전류가 발생하기를 기다렸다.

교실에서 회화를 가르치는 교사가 반복하여 강조한 것은, 자기 나라말이 아닌 영어로 혹은 프랑스어로 생각하라는 것이었다. 처음부터 나는 그 권고에 따를 의지가 없었다. 다시 내가 가짜 말인, 결코 진짜일 수 없는 말을 모방해야만 하는 이유가 뭘까? 나는 일본어와 영어 word와 프랑스어 mot, 이 둘을 서로 다른 방향으로 잡아당겨 팽팽한 긴장으로 진동시킬 실이 필요했다. 때로는 서로 자기주장이 확실한 세 언어 사이에서 만들어진 삼각형의 자기장 속에 나 자신이 들어가기를 기대했다. 그 결과, 나는 읽는 능력에 비해 회화 능력이 매우 빈약한 외국어 실력을 갖게 되었다.

정확히 말하면, 외국어를 읽는 능력도 그 평가에 유보 조건이 필요할 것이다. 왜냐하면 나는 내가 외국어를 읽을 때, 그것을 그 나라 사람이 읽듯이 읽는다고 결코 생각해 본 적이 없기 때문이다. 활자로 펼쳐진 외국어가 그 나라의 독자에게 불러일으킬 내부의 리듬으로부터, 나는 멀리 떨어져 있었다는 사실을 우선 인정하고 읽기 시작한다.

따라서 내가 외국어 활자를 내 의식 속에 구체화할 때, 그것은 환영 속의 환영, 가공 속의 가공, 연극 속의 연극이 된다. 그러다가 나는 외국어 문장 속에서 고유의 문체를 발견하고 혹은 그 문체로부터 내적 소리를 듣는 일도 없지는 않았다. 그것은 어떤 부류의 착각인 것일까? 나는 이 기묘한 경위로 얻게 된 문체에 대한 감각을, 외국어와 일본어 사이에서 팽팽히 당겨진 실과 같은 감각이라고 말할 수밖에 없다. 이처럼 내가 외국어 문체로부터 일본어 문체에 대한 역동적인 에너지를 직접 받아들인다고 주장해도, 외국어 학자들 모두가 조롱할 것이라 생각하지 않는다. 또 동시에 친절한 외국어 학자가 나를 격려한다 해도 나 자신은 외국어로부터 근원적 의미에서 거절당했다고 느끼지만, 질리지 않고 마주하는 저항 감각이 매개가 되어, 두 언어 사이를 긴장하며 잇는 실과 같은 스타일이 감지된 것이라 고백할 수밖에 없다.

무엇보다도 말, 언어란 커뮤니케이션 기능을 잃으면 이미 말이라고 할 수 없지만, 실제로는 어떤 말이라도 고립된 그 인간, 한 사람이 소유하고 있다. 말이 갖는 이 기본적 모순이 야말로 우리로 하여금 말을 통한 창조와 활자를 통한 창작을 가능하게 하는 발전기가 아닐까?

새로운 언어

삭년 늦여름, 나는 습한 공기와 습한 침대에서 거의 정신이 혼미한 상태로 잡지 『뉴 아메리칸 리뷰』 제3호를 읽고 있었다. 일본 어학 전문가인 유대계 미국인이자, 예민한 감수성을 지닌 분명히 수재라고 부를 만한 친구가 빌린 가루이자와軽井沢 별장에서 나는 하룻밤 신세를 지고 있었다. 나는 궁지에 몰린 소설의, 정체된 그 부분에서 죽어 가는 가련한 상상력의 덩어리를 온몸으로 끌어안고 있었다. 친구와 그의 일본인 아내는, 두 사람의 언어 세계로부터 메시지를 하나씩 부여한 제커리 타로라 이름 지은 아들과 함께 파티에 갔고, 나는 침대 옆에 누워 포켓북 형태의 잡지(뉴 아메리칸 라이브러리)를 우연히 집어 읽기 시작하고는 필립 로스Philip Roth의 소설『문명과 다양한 불만족』에 격렬히 빠져들고 말았다. 이 책은 성적으로 결코 문제만 일으킨 것은 아니었던, 문명으로부터 폭력적으로 휘둘렸던 인생을 산 유대계 남자가, 정신과 의사에게 자기 인생의 불평불만을 끝없이 이야기하는 설정으로 쓴 소설이다. 유대인의 언어인 이디시Yiddish어를 사용하여 호소하고 울부짖는 장면이 등장한다. 더욱이 이런 구어체 스타일은 플라이휠 같은 문체의 다이나믹한 운동이 중요한 인자를 구성하고 있었다.

이것에 이끌려 내가 설령 유대어 사전을 갖고 있다 하더라도, 그것을 찾아 의미를 대조하는 것으로는 문학적으로 어떤 이미지의 확인 효과도 거두지 못할 정도로, 활자 자체로 존재감을 드러냈다. 나는 그 유대 언어에 절대적으로 거리감을 느낀다. 그리고 점차 나는 한밤중에 눅눅한 공기와 눅눅한 침대의 타인의 집에서 모든 강박관념에 의한 속박으로부터 벗어난 것을 느꼈다. 그것도 지금 내가 쓰고 있던 소설의 정체된 지점에서 상상력이 수술용 메스로 병든 세포를 완전히 도려낸 것처럼, 이미 죽은 부분은 벗겨 내고 새로운 살아 있는 피가 순조롭게 돌기 시작하는 듯한 완전한 해방감을 느꼈던 것이다.

　오늘날 유대인의 일상생활에서 유대어가 얼마나 깊이 관련되어 있는지, 그 실정에 대해서는 유대계 미국인 소설가의 작품을 통해 조금 지식이 있었다. 지식이라기보다 어둠 속을 더듬어 가며 찾은 존재감을 인식하게 된 정도에 불과하지만. 그러나 활자 너머의 세계에서 만난 유대인에 대해서 명료한 이해와 근거를 갖고 있지 않지만, 자세한 사정은 알 수 없다 하더라도 유대인 세계에서 실제로 있는 상황일 것이라고 추측했던 일은 간혹 있었다.

　예를 들어 미국 소설가 노먼 메일러Norman Mailer의 주인공은 유대계 처녀와의 성관계에서 아무리 노력해도 성적 흥분을 느끼지 못하는 그녀를 심리적 분기점으로 몰아세우려고 "이 꾀죄죄한 꼬마 유대인아"라고 애정이 섞인 욕을 한다. 또 버나드 맬러버드Bernard Malamud의 『어시스턴트』에서는 유대계 가게에 숙식하면서 그 자신은 유대인이 아닌 청년이 한 유대인 여성을 몰래 좋아하다 결국 가장 비열한 상황에서 겁탈하게 되자, 그녀는 "개, 할례도 받지 않은 이방인 개!"라고 비참한 욕설을 퍼붓는다. 물론 나는 유대인의 일상에서 일어나는 이런 비정상적인 상황을 현실과 대조할 수는 없다. 그러나 이들 인간관계의 역동성이 근본적인 이해는 가능하게 했다.

정상적인 처녀의 입에서 "할례받지 않은 개!"라는 말이 나오는 그 내면의 비참함을 완전히 이해하지는 못할 것이다. 그러나 유대인과 미국인 사이의 현실 생활을 넘어 그 세부에 결부된 비명이기 때문에, "이방인인 네가 어떻게 이해할 수 있겠나"라는 거절의 소리, 그 저항을 극복하고 나는 인간관계의 연극을 명료하게 파악했노라고 생각하는 자유를 획득한 것이다. (펭귄북)

앞서 언급한 유대계 미국인들에 대한 두 번째 형태를 보여주는 예는 노먼 메일러가 묘사한 '유대인적 펠라티오의 보물 창고를 가진 수동적인' 남자와 불감증인 애인의 대화문에서도 나타난다. 이것은 실제로 사소한 의문점이다. 그러나 오랜 시간 풀지 못한 하나의 수수께끼처럼, 그것이 실재하는지 의심하는 것이 아니라 확실하다고 느끼면서도 '왜 그것이 유대인적인 걸까' 하고 이해할 수 없는 의문점으로 나의 의식한 구석을 차지했다.

또한 존 업다이크John Updike의 『커플즈』에서 유대계 처녀에게 자신과 같은 성적 습관을 주입하려는 "Eat me up, little, shiksa."라고 간청하는 연인의 말에서도 수수께끼는 풀리지 않았지만, 하나의 실체로서 입체감이 생기기도 했다. 이것은 가장 사소한 실체에 불과하다는 것은 부정하지 않는다. 그렇지만 작은 실체야말로 실은 문학의 뿌리인 것이다. (Knopf)

언어의 긴장감

이윽고 새벽이 되어 가루이자와 산장으로 파티를 끝내고 돌아온 친구와 그의 아내는 이미 잠든 아이를 침대에 눕히고 나와 유대어에 대한 이야기를 시작했다. 업다이크가 shiksa라고 썼고, 필립 로스는 shikse라 쓴 단어는 아마도 계집애라는 의미였다. 유대계 계집애라는 말일 것이다. 앞서 말했듯이 사전이 있다면 충분히 해결될 대조 작업은 필요하지 않았다. 유대계 미국인이 영어가 아닌, 유대어로 자신의 성관계 대상에게 shiksa, shikse라고 부를 때 그들의 내면과 말에 연결되는 긴장 관계는 대체 어떠한 것이었을까, 나는 묻고 싶었던 것이다.

젊은 유대계 미국인 친구는 다시 필립 로스의 소설의 몇 페이지인가를 넘기면서 지적인 고양감과 함께 간지럼을 타는 듯한 독특한 웃음소리를 한껏 냈다. 어떻게든 내게 설명하려고 애쓰는 그의 육체=영혼 전체를 지켜보는 것만으로 나는 그의 내부에 있는 특별한 긴장감을 느꼈다. 더욱이 옆에 있는 그의 일본인 아내는 그와의 결혼을 통해 구체적인 현실 경계를 넘어 주체적으로 유대계 미국인 사회 속으로 들어갈 결심을 했으니, 모험심과 의지로는 친구를 능가할지도 모른다고 느꼈다. 서로의 명민한 감수성을 공유하고 스스로 유대계 사람을 선택한 그녀의 태도에 있어서, 가령 자신이 shiksa, shikse로 불린다 하더라도 그것이 어떠한 것인지 그들 부부가 사는 뉴욕의 유대계 미국인 공동체에 대해 구체적으로 세부를 설명하는 모습에서 단적으로 감명을 받았던 것이다.

그렇다 해도 결국, 나는 유대의 언어 세계로부터 거절당했다. 나는 유대어 하나하나에 어떠한 현실적인 대조 작업도 할 수 없다. 그러나 나는 유대어 → 영어 → 일본어의 예민한 긴장 관계 속에서 살아가는 젊은 지식인 친구 부부로부터 처음으로 유대계 미국인이 갖는 무거운 의미의 존재감을 의식적으로 확인했던 것이다.

다음날 아침, 나는 일찍 도쿄로 돌아와서 다름 아닌 일본어 소설 작업을 재개했다. 그 결과는 일본어 활자로 인쇄되어 지금 내 눈앞에 있고, 출판되어 서가에도 꽂혀 있다. 낯선 타인인 독자는 물론이고 글쓴이인 나 자신도, 이 책의 활자 너머 세계에서 유대계 미국인 작가의 소설과 유대어를 둘러싼 친구 부부와의 대화의 흔적을 발견할 수는 없을 것이다.

그러나 그 한밤중에 소설의 창작 과정에서 죽어 가던 상상력을 직접 소생시킨 것이 바로 또 하나의 말, 또 다른 말 사이에서 긴장된 자기장에 몸을 둔 것 자체가 발생시킨 활성화 작용이 분명하다는 사실을 인정해야만 한다. 끊임없이 유대어와 그것을 사용하는 공동체로부터 거부당하는 일본인으로서의 나를 점차 명료하게 인식하게 되었지만, 또 그 때문에 보다 더 깊은 곳에서 발생한 말과 상상력 그 자체의 활성화 작용을 경험한 것이다.

상징에 대해

문학 영역뿐만이 아닌 정치적 현실을 향해 확산하는 형태로 두 나라의 말을 대조하는 것이 어떻게 우리 의식에서 긴장 관계를 불러일으키는가. 예를 들자면 나와 같은 세대 사람으로서는 '상징'이라는 말과 심볼symbol이란 영어가 적합할 것이다. 새로운 헌법을 통해 새로운 세계를 보는 열정을 품게 된 소년기부터, 나 자신을 배양하고 학습하는 대학 생활 속에서 이 상징이라는 말과 심볼이란 외국어는 계속 나를 따라다녔다. 그리고 이것은 새 헌법의 주체인 민주주의를 불신하는 대학생들의 목소리를 결코 남의 일이 아닌 나 자신에게 외치는 고발로 듣게 된 현재에 이르기까지, 두 말의 긴장 관계가 형태는 바뀌었을지언정 계속 나를 따라다녔다.

처음 상징이라는 말이 내 말의 세계로 들어온 것은, 바로 헌법을 통해서였다는 사실을 명확히 기억한다. 숲속 골짜기에 살고 있던 나는 아직 상징주의라는 말을 접하지 못했다.

그런데 새 헌법에 대한 해설이 실린 교과서에서 처음 상징이란 말을 발견했다. 그것도 스스로 발견한 것이 아니라 전쟁에서 돌아온 지 얼마 되지 않은 교사가 나를 이 말과 마주하게 했다고 말하는 편이 좋을 것이다. 이미 언급했듯이 시골 꼬맹이였던 내게 활자에 인쇄된 것은 모두 가공이었다. 상징이라는 말을 현실과 대조한다는 것은 예상조차 못한 일이었다. 게다가 활자가 말하는 것을 현실 세계의 사물에 대입하지 않고 그대로 수용하는 습관을 갖고 있었던 내게, 활자 세계의 경험은 종종 현실에서 겪는 어떠한 경험보다 더욱 무겁고 강인하며 실제적이었다.

그래서 나는 활자를 통해 상징이란 말을 확실히 받아들였다. 물론 내가 활자로 된 상징이란 말에, 음성언어의 시민권을 부여할 리 없었다. 만약 그런 말을 내가 입으로 말한다면, 나는 골짜기 꼬맹이들의 작은 사회에서 웃음거리가 되었을 것이다. 다만 나는, 교사 말고는 아무도 읽을 염려가 없는 작문 일부에 이 궁금했던 말을 조심스럽게 써 보았다. 그것은 아이였던 내가 이 말을 나의 세계로 어쨌든 끌어들였지만, 이 말의 의미를 명확히 파악할 수 없어서 초조한 불안에 사로잡혔다는 것을 나타낸다.

결과적으로 교사는 어린 내 불안한 감각에 확실히 반응해 주었을까? 그것은 그렇지 않았다. 그는 작문 용지 오른쪽 위에 '새로운 말을 끼워 넣는 용기는 좋다'고 빨간 펜으로 휘갈겨 쓴 글씨로 야유 섞인 평가를 돌려줬을 뿐이다. 나는 깊은 수치심을 느꼈다. 얼마 후에 교사가 술에 취해서 머리를 다친 것인지, 원인이 불분명한 사고로 죽었다. 나는 경박하게도 스스로 그 의미가 확실하지 않은 말, 새로운 말을 작문에 적은 실수를 주변 누구에게도 들키지 않기를 기도했다.

상징이라는 말은 그렇게 애매모호한 말로밖에 실재하지 않았지만, 상징 천황이란 말은 골짜기 마을의 꼬맹이조차, 패전 직후의 시대적인 분위기 속에서 명료한 실체를 갖춘 것으로 느꼈다. 그것은 종종 눈으로 읽거나 귀로 듣게 된 '인간 천황'이란 말이 새로운 충격을 동반하며, 옛 헌법에서 신성불가침을 의미하는 천황 주권과 천황 신권에 대비되는 상징 천황이란 말이었던 것에 유래했다.

패전 직후에 천황이란 말은 옛 헌법과 새 헌법의 현실적으로 긴장되는 대립을 통해, 그 의미가 사회 일반으로 퍼져 명료하게 파악되었다고 할 수 있지 않을까. 그것도 상징이란 말이 적극적으로 실체를 보여 주는 것이 아니라, 옛 헌법에서 명시한 신성불가침의 주권자인 천황에 대한 부정적 의미, 외부적 의미를 한정시킨 말에 의해 실체를 보증했다는 것이 내 경험적인 관찰과 판단이다.

그러나 패전 후에는 옛 헌법이 보여 준 천황의 이미지를 탈피함에 따라, 상징이란 말에 그 고유한 적극적인 의미를 갖출 것이 요청된다. 개인적으로 내가 나의 내부에 자리 잡은 새 헌법에서, 상징이란 말에 독자적 실체를 빨리 부여해야 한다고 느끼는 일이 점차 빈번해졌다.

그리고 옛 헌법과 구별해서 심볼이란 외국어와 상징이란 우리말을 실로 엮을 때, 그 실은 매우 극한 긴장을 보여 주고 있다는 것을 인정할 수밖에 없다. 게다가 그 긴장감은 내가 처음 이 상징이란 말과 마주하고 은밀한 불안을 느껴 언젠가 풀어야 할 오래된 숙제와 같이 잠들어 있던, 상상력의 그것이었다.

앞에서 언급한 유대계 미국인 가족 이야기에 이어서 심볼이란 말의 구체적인 예를 들어보겠다. 미국에서 유대인에 대한 편견을 반 유대주의자들인 '기만의 예언자'를 고발한 L. 로웬탈Lowenthal과 N. 구테만Guterman의 『선동의 기술』은 다음과 같이 분석하고 있다.

사회 혁명을 목표로 한 전통적 운동에서는 그것을 주장하는 자의 미래에 대한 희망이 싹처럼 드러난다. 운동은 그 제창자의 목표를 배아의 형태로, 즉, 옛 세계의 껍질 속의 새로운 세계로 체현되어 있다.

운동의 신봉자 사이에서 배양된 조화롭고 우호적인 관계는 그들이 건설하려는 사회를 예상하게 한다. 선동은 적극적인 심볼이 매우 결여되어 있다는 점에서 다른 사회 운동과 다르다.

(이와나미서점)

이러한 의미에서 심볼이란 말과 일본 헌법의 상징이란 말을 대립시킬 때, 다시 현재적인 긴장 관계가 일어난다는 것은 아마 누구라도 동의하지 않을까. 여기서 나의 내부에 존재하는 불안한 긴장의 징후를 밝히자면 '가짜 공동체'가 의도적으로 만들어질 수 있다는 사실이다. 앞선 의미에서의 적극적인 심볼이 없는 선동가가 헌법의 상징이란 말에 새로운 역할을 부여하지 않을까, 심볼 조작이 일어나는 것은 아닐까.

집단적 상상력

일본의 공동체, 진정한 공동체에 나타나는 집단적 상상력의 특징에 대해 이야기한 야나기다 구니오는 '일본' 문화가 본래 외국어와의 만남을 통해 형태를 갖게 된 것을 다음과 같이 지적하고 있다.

처음 문자라는 존재를 알게 된 사람들이, 새로운 부호를 통해 타국의 민심 세부를 엿보는 것은 간단한 작업이 아니다. 특히 섬에 사는 자들의 상상력에는 한계가 있다. 본래 생활 방식에도 차별점이 있었다. 그런데도 근소한 왕래 끝에, 금세 아름답다 말하고 느끼기를 터득했을 뿐만 아니라, 같은 기법으로 자신 내부에 있는 것을 다양한 형태로 나타낸 것은 당대에도 이례적인 지혜이다.

(『설국의 봄』)

중국의 이방 문자를 처음 접한 일본인의 집단적 상상력은 이것을 계기로 큰 결실을 맺었다. 당시에 문자화되지 않았던 일본어와 외국어=중국어 한자 사이의 긴장 관계와 그것을 넘어선 역동성은 분명 특수한 문화적 에너지를 갖추게 한 것이었다. 더욱이 오랜 역사 끝에, 지금도 우리는 이 역동성과 무관하지 않지만 동시에 우리는 쇄약해진 형태로의 그 관계성을 인정하게 된다. 특히 일본인은 자주 한시가 외국어 시인 것을 잊고, 스스로 이 역동성을 경험할 수 있는 기회로부터 벗어나고자 했다.

말의 역동성

일본인이라고 일반화한 적은 없는 나, 자신은 다른 외국어와 달리 중국어에 한해서는 이 역동성의 현장에 다시 들어가려고 하지 않았다. 나는 초여름의 베이징·상하이·쑤저우에서 한여름의 광저우에서, 중국어에 관해서는 얼마나 내가 영어와 프랑스어가 일으키는 긴장감과 자기장을 확인하지 않고 살아왔는지 절감했다.

실제로 중국 길거리에 서서 중국어 활자로 인쇄된 것을 접할 때, 내 의식은 곧 한시를 읽는 것과 같은 수법으로 일본어와 연결시켜 버렸다. 그것도 일상 회화로 살아 있는 현재의 말이 아닌, 어디에 근거가 있는지 의심스러운 이상한 통일적 리듬 감각이 강요된 완전히 죽어 있는 문체로 말이다. 그 변환 작업은 본질적으로 기계적이라 자국의 말과 또 하나의 말, 또 다른 말을 대조시킬 때 발생하는 긴장감을 주지 못한다. 오로지 이것은 가짜 읽기에 불과하다는, 불쾌하고 불투명한 자기반성의 감각을 엄습하게 할 뿐이다.

더욱이 같은 문장을 중국인 작가나 공장의 주임, 인민공사 소녀라는 사람들의 말소리로 구체화하면, 나는 그것으로부터 완전히 거절당하고 있다고 인정할 수밖에 없는 것이다. 이방인의 말에 존재하는 저항을 용수철로 활용하여 내 말에 역동성을 부여하고, 그 한계를 펼쳐서 긴장의 극대화와 충실함이 확인되는 상황은 오지 않았다.

오직 전면적으로 거절되는 경험, 그것은 괴로운 경험과 다름없는 일이다. 두렵도록 쇠약해진 마음을 경험한 후에, 나는 아무리 선의로 가득 찬 중국인이라 해도 글을 통해 이야기를 나눈 적은 없다. 하나의 말이, 각각 완전히 다른 두 개의 상상력으로 확장되어 실재하는 것인데 가운데만 잘록하고 양쪽 끝이 모두 나팔 모양으로 펼쳐진 이상한 확성기처럼 존재한다면, 무슨 수로 이런 불확실한 모험을 시도할 수 있단 말인가.

처음부터 나의 말을 영어나 혹은 프랑스어에 맞부딪히면서 활자 너머의 어둠과 빛 속을 헤매는 과정에서도 사정은 다르지 않았다. 단지 여기서는 저항의 소재가 무엇인지 명확히 파악되었던 터라, 거절의 벽에 머리를 부딪치기 전에 멈출 수 있었을 뿐이었다. 게다가 나는 단어 word, mot의 긴장 관계, 자기장 속으로 나를 추방시키기 위해 활자가 필요했다. 그 긴장 관계와 자기장 속에서 나는 언제나 애매하게 이쪽저쪽을 헤맸지만, 이것이야말로 인간의 의식이 현실 세계에 관여하는 상식적인 방법이기도 하다. 그렇게 스스로 격려하며 현실 세계로 가지고 온 말을, 나는 문자로 쓰고 소리를 내어 구체화한 것이다.

그리고 나는 가끔 활자 너머의 어둠에 존재하는 불안과 흡사한 새로운 불안을 느끼며, 판독 불가한 기호를 써서 타인에게 해석이 불가능한 이야기를 반복하는 고독한 광인이 아닐까, 의심스러울 때가 있었다. 눈앞의 현실에 나비가 날고 있지만 나비, Butterfly, papillon이라 쓴 삼각형을 자세히 응시하기만 하는 광인과 같은 나의, "온갖 말의 저항 관계를 측정하고 있다"라는 주장은 신뢰받을 수 있을 것인가.

3. 팡타그뤼엘 환상 풀과 악몽

악몽에 대하여

내가 한 문학적 양식을 갖게 된 첫 경험은 언제였는지 생각해 본다. 밝게 반짝이거나 아니면 어둡게 움푹 패여 현재에 오버랩되어 내 과거로 연결될 때, 이러한 경험이 반복적으로 돌고 돌면서 꼬여 버린 줄처럼 과거=현재→미래를 관통하는 이상, 이미 죽은 경험의 기록을 찾아보는 일이 무의미하게 느껴졌다.

그러나 만약, 어두운 숲 골짜기 속에서 버스만 한 큰 곰이 입을 벌려 내 머리를 넣었다고 생각해 보자. 혹은 내가 현실에서는 절대 배신할 리 없는 타인의 가장 중요한 무언가를 때려 부수고 파괴한 끝에 묻어 버리려고 한다고 치자. 그런 끔찍한 악몽을 한참 꾸는데 내 뒤에서 아득히 목소리가 들려오는 것이다. 꿈이라고, 단호한 목소리로 말이다.

그 목소리는 어릴 적 형제이거나 어머니와 아내이기도 하고 친구이기도 했다. 때로는 기차 침대칸 담당 승무원이거나, 외국에 머물던 숙소 건너편 아일랜드 사람이거나, 긴 자동차 여행을 함께 한 중국과 소련 혹은 폴란드 통역인의 목소리이기도 했다. 이윽고 그것은 내 어린 시절의 친구들 목소리로 들려오게 될지도 모른다.

그 모든 사람들의 목소리는 "꿈이야, 꿈일 뿐이야, 너를 괴롭히는 꿈에서 도망쳐, 빨리 일어나"라고 소리친다. 나는 머리를 흔들고 현실로 돌아온다. 끔찍하고 비참한 악몽의 파편으로, 배후에 도사리는 끝없는 암흑으로 끌려가는 기분이지만, 어떻게든 무거운 다리를 들고 잠을 깨기 위해 밝은 곳으로 나온다.

그렇다, 꿈이다, 이것은 꿈이다, 나 또한 스스로에게 말한다. 그러나 꿈이라고 자각하는 것이 나를 완전히 구조해 주지 못한다. 오히려 이 악몽으로부터 머리와 위의 불편하고도 불쾌한 각성으로 돌아오는 과정에서, 짧은 시간이지만 비참함과 절망감 그리고 모든 사물에 대한 무력감과 혐오가 고조된다.

확실히 그것은 꿈이었지만 '꿈일 뿐이다'라는 말 자체에 과연 독립된 의미가 있는 걸까, 이토록 강하게 나를 뒤흔들며 갈라놓는 것이 설령 꿈이라지만 실재했다면, 꿈이니까 비현실일 뿐이라는 인식이 진짜 위안이 될까. 이 꿈에 퍼진 독으로 공격당한 나의 내면은, 꿈을 꾸는 동안에도 틀림없이 실재하는 나 자신이기 때문에 오히려 '꿈이니까'라는 논리에 대해 다시 생각해야 하지 않을까. 머지않아 나는, 현실에서 일어날지 모를 여러 두렵고 끔찍한 것을 초월한 더욱 가혹하고 불쾌한 악몽 속으로 제 발로 들어가 미칠 지경의 괴로움과 공포를 맛보고 그대로 쇼크사하는 것은 아닐까? 하고 생각했다.

그때 꿈은 현실보다도 결정적인 현실 그 자체이며, 거꾸로 말하면 이 꿈보다도 우리에게 다가오는 죽음 앞에서 느끼는 현실의 밀도는 매우 희박하다. 그때, 나의 생애 총량보다 이 악몽을 올려놓은 접시가 더 무거워 균형이 무너진 저울이 넘어져서, 나는 죽게 되는 것은 아닌지?

이렇게 비관적인 생각을 하면서 잠에서 깨려고 하지만, 이런 나를 향해 꿈이다, 꿈일 뿐이다, 라고 끊임없이 외치는 자의 얼굴, 그 안도의 미소를 보면서 완전히 잠에서 깬 나는 다시 나를 붙잡는 쓰라린 경험을 하나의 방식으로서 확인하고 나른하게 악몽의 뒷맛을 음미하는 것이다.

여러 상황을 겪으면서 이와 같은 일을 반대로 경험한 적도 있었다. 그것은 나의 첫째 아들과 가족 사이에서 아직 커뮤니케이션 방법을 전혀 찾지 못했을 때, 자고 있던 아이가 겁에 질려 몸부림치면서 비명과 함께 "끽, 끽" 이를 가는 듯한 소리를 내고는 침대 속을 파고들며 숨어들었던 때의 일이다. 나는 휴대 램프가 켜진 빛에서 한 발짝 물러나 어찌할 바를 몰라서 있을 뿐, 결국 아내가 아이를 억지로 깨울 때까지 아무것도 할 수 없었다. 당연히 나는 집에서 비난받았고, 잠에서 깬 후에도 이 살이 오른 아이가 오랫동안 "끽, 끽"하는 소리를 내며 침대에서 가공의 구멍을 파고드는 것을 또 보았기 때문에, 변명은 하지 않았지만 내심 어떤 의문의 씨앗을 품게 되었다. 흔들어 깨우는 것으로 정말 아이는, 악몽으로부터 구조되었을까?

이듬해 여름 호주에 있는 광활한 자연동물원에서 돼지와 천산갑 사이의 혼혈과도 같이 생긴 작은 동물을 보았다. 그것은 나무 위에 사는 이웃집 코알라처럼 느리고 둔한 우스꽝스러운 모습에 애처롭기까지 한 짐승인데, 땅속에 파놓은 구덩이에서 서식하고 있었다. 동물원 관리인은 북반구에서 온 내게 호의를 베풀어 괭이로 옆 구멍을 내고 은신처에 숨은 이 동물을 끌어 올려 눈앞에 보여 주고는, 이들이 다시 살 만한 구멍을 파려면 밤낮 일해도 일주일은 걸릴 것이라고 했다.

그때 나는 갑자기 눈앞이 캄캄해질 정도로 분노에 휩싸여 괭이로 관리인을 한 대 치고 싶은 충동을 느꼈다. 그리고 그 돼지와 천산갑의 혼혈 같은 불쌍한 동물들이 느릿느릿 구멍을 파서 땅속으로 도망치는 꿈을 꿨다. "꿈이다, 꿈일 뿐이다"라고 말하는 잠에서 어떤 한순간의 내적 경험이 악몽과 함께 발굴되었고, 그 축적된 경험을 향해 저항하는 방식이었다고 느끼게 되었다. 나뿐 아니라 나의 아들을 위해서.

존 업다이크의 『커플즈』

그런데 내가 악몽과 남반구의 기묘한 작은 동물이 받은 피해에 대해 언급한 것은, 활자 너머의 희미한 빛과 거대한 어둠에 대해 이야기하기 위함이다. 그것에 대한 나의 감각과 생각이 관련되어 있다. 그해 여름에 미국의 두 작가 소설을 읽는 동안, 내가 항상 듣던 "꿈이다, 꿈일 뿐이다"고 현실로 돌아오게 하려는, 악몽으로부터 '자유'로운 사람의 목소리가 들렸기 때문이다. 나는 존 업다이크의 『커플즈』(Knopf)를 영어로 읽고, 조지프 헬러Joseph Heller의 『캐치-22』(하야카와 쇼보)를 번역본과 영어 포켓북(Dell)으로 읽고 있었다. 정말 헬러의 번역처럼 곤란한 작업이 성공한다면, 지금까지 내가 난해함의 타르 통 속에 잠겨 있던 것으로부터 극적으로 구조

될 수 있다는 기분으로 번역본에 매달렸다. 그러나 한편으로 나는 말의 저항 관계를 측정하려는 습관에 따라 영어 포켓북에 나온 헬러가 쓴 말 그대로를 번역 옆에 두려고 했다.

존 업다이크는 어떤 악몽으로 나를 끌어들였을까? 업다이크가 묘사하는 악몽 구조의 시작에는 성적인 것이 존재한다. 이 성적인 것에는 항상 선의가 함께 존재해서, 악몽으로부터 깨어나려는 야행성 인간 내부에서 혐오감을 불러일으켜 반발성 전기를 발생시키는 만큼 강한 힘을 갖추고 있다. 이것은 존 업다이크가 만들어 낸 특유의 악몽으로 들어가기 충분한 역할을 한다. 실제로 이러한 형태의 성적인 것은 만능 리트머스 시험지인 것이다. 전위적인 예술에서 한 꺼풀 벗기면 저속한 엄격주의라는 방패를 들고 점잖게 앉아 있는 정치적 무리에 이르기까지, 이 리트머스 시험지를 코끝에 들이대고 그들 내부에 한 발짝 다가가서 얼마나 달콤하고 부드러운 실체가 숨겨져 있는지 측정할 수 있는 그런 힘을 갖춘 성적인 것이다.

특히 존 업다이크의 성적인 것을 내세우는 방법은 이중 구조로 이루어져 있어서, 악몽 속으로 끌려 들어가는 자의 의식을 똑같이 이중 구조로 만든다. 먼저 첫 번째로 이 소설의 경우, 이탤릭체로 마치 소설 지문에 무늬를 새기듯이 서술된, 침대에서 주고받는 대화에 나타난 노골성과 난잡함을 보여 주는 성적인 것이다. 여기서 다루는 열 쌍의 부부들은 대부분 상당한 교육을 받은 사람들의 세련된 교양과 함께 퇴폐 속에 존재하는 사람들이다. 그들의 생활에서 성적인 것을 제거하면 기이할 정도로 큰 공백이 생기는데, 그들은 성적인 것의 외설스러운 측면을 감추며 이야기할 뿐, 그들을 내부에서 지탱하고 사로잡고 있는 성적인 것과 마주하지 않는다.

성적인 것의 묘사

피에타pietà를 연상시키는 피트piet란 중년의 부동산업자는 역시나 상징적인 안젤라Angela란 이름의 아내에게 성적인 만족을 주지 못한다. 그래서 일방적인 성교 후에, 피트는 그 내부에서 일어나는 자기혐오와 자기조롱에 못 이겨 '천사 같은' 안젤라에게 화를 내면 낼수록, 고지식하게 집착하면 할수록 난잡해지는 말을 내뱉는 무의미한 노역을 행한다.

자기, 젖꼭지가 딱딱해졌어, 그런데? 흥분했으니 할 수 있을 거야. 그렇지 않아, 한기가 드니까 딱딱해졌을 뿐이야. 나한테 와 줘, 입으로. 싫어, 그 언저리가 싹 젖어 있어서. 그래도 그건 나니까, 나 때문에 젖었으니까. 졸려, 하지만 그건 너무 슬프지 않나….

이 부부가 성교 후에 주고받는 대화는 완전히 각성되어, 어떤 타인들 사이에 생긴 도랑보다 훨씬 더 먼 거리로 벌어져 있다. 단단한 갑옷을 두른 부부의 심리는 다음과 같은 대화에서도 잘 나타난다.

"당신은 다른 불쾌한 일을 더 알고 싶어? 그걸 받아들일 수 있을까?"

"해 볼게."

"나는 마스터베이션을 해."

"자기야, 언제?"

"겨울보다 여름에 자주. 나는 네다섯 시 사이에 며칠 아침 일찍 일어나서, …"

실제로 우스꽝스러운 대화다. 이 부부 사이의 가련하고 비정상적인 깊은 균열과도 같은, 갑작스런 아내의 고백으로 남편은 난감해한다. 설마 그건 결혼 전 경험이었을 것이란 소박한 기대로 대답을 기다리면서 남편이 "자기야, 언제?"라고 질문하자, 정면에서 강속구를 되받아치는 아내의 설명은 결과적으로 웃음을 자아내지 않을 수 없다.

그러나 존 업다이크는 유머러스한 효과를 주어 독자를 즐겁게 하기 위해서만 이런 대화를 이끌어 낸 것이 아니다. 실제 이 해학에는 불쾌감을 주는 이른바 메스꺼운sick 뒷맛이 있기 때문이다. 존 업다이크가 이러한 노골적이고 외설스러운 대화를 소설 속에 전개한 것은, 피트가 저지른 몇 번인가의 불륜과 여기서 소설의 주축을 이루는 임산부와의 불륜이 아니라, 난잡함만이 부각되는 치과의사의 아내와의 불륜과 관련이 있다. 이 불륜에서 힘 관계를 역전시켜 '천사 같은' 마스터베이션의 상습자인 자기 아내를 치과의사에게 제공하게 된 복잡한 경위가 그려지며, 타자에게만 가혹한 태평한 윤리 감각의 소유자가 지닌 왜곡된 영혼을 혐오스럽게 느끼도록 만든 요소가 도입된 것이다. 그것은 애플 스미스 Apple-smiths의 게임이라고 부르듯이 점차 웃음거리로 전락하게 된, 애플비 가문과 스미스 가문의 두 부부의 사각 관계를 도입하고 있다. 이러한 다양한 요소가 어우러진, 회전목마의 음악이라도 올라탄 듯이 전개되는 성관계의 코미디 오페라가, 존 업다이크의 성적인 것을 묘사하는 하나의 형태로 나타나고 있다.

그렇다면 두 번째 형태로는 어떻게 나타날까. 그것은 의심스러운 암시가 존재하는 폭시Foxy라는 이름을 가진, 젊은 학자의 아내와 피트 사이에서 나타난다. 폭시란 이름이 우리를 교활하게 속이고, 처음 임산부로 등장하여 피트를 자기 처벌적 성의식에 옭아매지만, 결국 소설 전체의 주축을 피트와 함께 관통하는 역할을 한다. 여기서 의외지만 아무튼 폭시와의 성관계는 피트에게 성적인 것이 어둡고 두려운 미지의 세계로 이어지며, 폭력과 죽음처럼 깊은 곳에 뿌리내린 성적인 것을 나타내고 있다. 성적인 것이 호응하여 피트를 옭아맨 폭력과 죽음의 강력한 이미지로 우리를 끌어들인다. 이것이 업다이크가 이중 구조로 설계한 악몽의 시작점에 존재하는 성적인 것의 실체와 효과이다.

두 번째 형태의 성적인 것으로부터, 우리는 궁지에 몰린 피트의 심적 위기를 확실히 파악하게 된다. 그것은 업다이크가 미리 성적인 것으로부터 분리해 둔 것이라 할 수 있지만, 그러나 우리는 역시 그것을 성적인 것을 통해 재확인하며 명확한 의미를 파악하게 된다. 피트의 신앙심이 깊은 부모님은 교통사고로 거의 동시에 죽는다.

"이 사고 후, 피트의 세계는 미끄러운 표층으로 뒤덮였다. 그는 얼었는지 확인하려고 위태롭게 얼음 위를 서 있는 남자처럼 사물의 표피 위에 서 있는 형국이었다. 의심스러운 얼음의 삐걱거리는 소리를 듣지 못할까 봐 머리를 꼿꼿이 세우고 몸의 무게를 가볍게 하려고 등을 구부리고" 이처럼 죽음을 두려워하는 피트의 상황은 그의 어린 딸만이 예민하게 느끼고 공감한다. 그런 그 아이가 케네디 가문에서 태어나자마자 죽은 아기에 대해 보도하는 텔레비전으로부터 폭력을 당한 것처럼 충격을 받는 묘사는, 단적으로 머지않아 대통령이 암살된 날에 있었던 그들의 수상한 파티와 연결된다. 이것이 업다이크가 선보이는 또 하나의 악몽 구조이다.

『커플즈』는 이러한 방법으로 케네디 왕조의 종말을 우선 지적인 미국인들 중에서도 한 무리가 어떻게 받아들였는지 보여 주는 소설이고, 가장 현재적인 시점에서 정치적인 것을 내세우려는 업다이크 특유의 악몽 묘사가 뚜렷한 소설인 것이다.

그런데 이 악몽에 더욱 깊이 들어가려고 하는 나의 배후에서는, 각성을 독촉하는 보통 사람들의 목소리가 들려온다. "왜 너는 업다이크가 만든 성적인 것과 정치적인 것이 뒤섞이는 악몽에 같이 휩쓸려 가려고 하지? 그것은 꿈일 뿐이다, 가공의 상상력 속에서 일어나는 변덕스러운 악몽일 뿐이지 않은가?" 이 목소리를 듣고 나는 다시 맨 첫 질문으로 돌아간다. 전향 성명을 준비하려는 것이 아니라 오랫동안 몰두해 왔던 활자와의 관계성에서 내가 획득한 확신을 다시 인식하기 위해서이다. 말의 정통적인 의미에서 독서 경험은 경험이라 할 수 있을까? 독서로 훈련된 상상력은 현실에서도 상상력이 될 수 있을까?

또 나아가, 다음과 같은 질문도 가능할 것이다. 이렇게 활자를 통해 악몽을 경험하며 훈련한 상상력은, 현실에서도 상상력이 될 수 있을까?

그리고 지금 나는 이 질문을 역시나 이중적인 내적 요청에 따라 발신하고 있는 것이다. 먼저 그것은 활자 너머에서 거대하고 깊은 어둠을 보고 희미한 빛을 인정해 온 자의 요청이며, 동시에 마침 외국어를 습득한 시기에 소설을 쓰게 되면서 타인에게 나의 지병과도 같은 악몽을 전달하는 작업을 시작하게 된 한 작가로서의 요청이다. 여기서 나는 질문하는 자이며 답해야 하는 자이다. 나는 거절하는 자이며 동시에 거절당하는 자이다. 나는 T형으로 생긴 진자 균형 장난감처럼 서로 떨어진 양쪽 끝에서 그 무게를 버티며 위태로운 균형을 잡으려고 흔들거리다가 멈춘다. 혹은 내 뒤를 쫓는 개처럼, 점차 절망적으로 속도를 높여 끝없이 쫓고 쫓기는 존재다. 그리고 진자 균형 장난감도, 나를 쫓는 개도, 다름 아닌 활자에 존재하고, 활자 너머의 광활한 어둠과 활자 앞에 있는 나의 어둠 속에 깃들어 있다. 내가 아직 대학생이었을 때 선택해 버린 것은, 그러한 가공과 현실 틈새에 있는 뒤틀림을 피할 수 없는 직업이었던 것이다.

악몽의 창조자

죽음의 공포에서 다시 손을 빼게 된 여자아이에게, 케네디가의 아기가 죽었다는 것의 의미를 어떠한 긍정적인 방향성으로 설명할 수 있을까. 귀걸이를 한 할머니가 될 때까지 죽는 일은 없다고 생각한 여자아이가, 자신보다 어린 아기의 죽음에 의해 겁에 질려 떨게 되었을 때의 일이다.

피트는 실재한다고 믿지 않지만, 부재한다고 확신하지도 못하는 어디선가 어두운 곳에서 잠잠히 존재할 것만 같은 '신'이, 정말 아기를 살게 하려고 태어나게 한 것이 아니라 단지 태어난 것이 너무 빨랐을 뿐이라고 말하며 딸을 안는다. 그리고 아버지인 자신의 페니스가 발기하기 시작한 것을 느끼는, 이러한 비참한 궁지에 몰린 자에게 지푸라기처럼 매달려 있는 성적인 것을 나타내고 있다.

케네디는 암살당했고 그 범인으로 지목된 오스월드Lee Harvey Oswald도 사살된, '아메리칸 드림'은 흡사 맥 베스 부인을 덮친 피투성이의 피비린내 나는 어둠으로 변한다. 손가락을 빠는 여자아이는 이 어둠 속에서 무력하게 존재할 뿐이다.

피트는 폭시가 다시 임신한 아기를 낙태시키기 위해 방법을 찾는데, 그 조건으로 치과의사에게 자신의 아내를 제공하게 되는 것도 피비린내 가득한 어둠 속에서였다. 머지않아 피트는 모두에게 버림받아 괴로운 시절을 지낸 후, 폭시와 결혼하여 새로운 땅에 정착하여 새로운 부부·커플이 된다.

그것은 어떻게든 참혹한 어둠으로부터 일단 눈을 감고 무작정 희미한 빛의 환영 같은 것, 또는 미국의 '신'에게 모든 의식을 집중시켜 탈출하여 찾은 새로운 봄의 일이었다. 악몽 한가운데에서 피트와 손을 빼는 아이를 포함한 가족, 그리고 폭시가 다니던 교회는 불타 버렸다.

존 업다이크의 악몽은 비현실적이지 않다. 그렇다고 매우 현실적이라기보다 악몽에서 깨어나 뒤돌아보아도 아직 악몽이 존재하는 내 유년 시절 고정관념이 다시금 주의를 환기시켜서, "당신의 악몽은 어떻습니까?"라고 반문하는 의미에서 그렇다. 악몽의 소용돌이 한가운데로 이끌려 가면서, 왜 내가 폭시 같은 악녀와 불쌍한 피트 사이에서 무익한 버둥거림에, 이 악몽에 휘말려야 하는지 확실한 답은 찾지 못했지만, 미세하게나마 뿌리 깊게 실재하는 저항 감각과 함께 이 소설을 읽어 나갔다.

그리고 동시에 나는 존 업다이크의 공포심, 그러한 표현조차 과장된 것일지 모르지만, 작가의 두려워하는 마음을 공유하면서, 창작 과정에 참여하는 나 자신을 발견한다. 그것은 특히 외국어로 적힌 책을 학자처럼 읽는 것이 아니라, 우리 일반인이 읽으려고 할 때 일종의 창작 활동에 가까운 저항감과 상상력의 활성화 작용을 가져오기 때문이다.

또한 특히 바다 건너 타국의 이 작가는 나와 거의 같은 세대이고, 틀림없는 핵 왕국에서 같은 시대를 살고 있으며, 역시나 말로서 모든 사물에 대항하려는 직업을 가진 인간이기 때문일 것이다. "왜 너는 선량한 시민인 나를 이러한 악몽에 끌어들이는 것인가"라는 이의 제기를 듣고 책상을 향한 몸을 천천히 뒤로 젖히는 존 업다이크와, 나 자신이 일체화되는 기분을 맛본다.

그리고 만약 이 악몽의 소용돌이 속에서 창작을 포기할 수밖에 없거나, 갑작스런 심장마비로 미완성인 채로 소설이 남겨진다면, 괴로운 무력감과 함께 "어째서 우리를 이 악몽으로 끌어들였는가?"라는 목소리를 들어야만 할 것이라고, 나는 존 업다이크와 함께 (라고 말해도 현실에서는 이미 창작은 완료되었고 절대적인 가공의 감각이지만) 미리 고뇌한다.

왜냐하면 존 업다이크의 성적인 것은 적어도 악몽이 시작되는 부분과 그 절정에서 그것 자체로는 구제의 계기를 내재하고 있지 않기 때문이다. 그것은 끔찍하고 비열하며 비참할 뿐인 성적인 것이기 때문이다. D.H. 로렌스, 헨리 밀러, 노먼 메일러의 성적인 것은 로렌스처럼 확실한 빛이 뚜렷하지 않거나, 밀러의 경우에는 격한 생명력으로, 메일러의 경우에는 거대한 암흑에 맞서자마자 그대로 암흑에 흡수되는 에너지를 부정할 수 없는 성적인 것으로 나타난다.

그러나 업다이크는 가능한 모든 상상력을 활용하여 성적인 것을 폄하시킨다. 치과의사는 아내를 빼앗긴 보복으로 상대의 아내인 안젤라와 동침하려고 했고, 안젤라는 남편으로부터 자기 애인을 낙태시키기 위한 교환 조건으로 이에 설득을 당한다. 결국 한 침대에 누운 치과의사와 안젤라는 성교에 곤란을 겪는다.

"여기, 죽음이 나를 흥분시키는 거야, 죽음은 '신'이 억지로 떠미는 거야, 아마 감미롭겠지, 당신은 '신'을 믿지 않겠지, 나는 그를 믿어, 빅맨 '죽음'을, 나는 매일 환자들 입 냄새를 맡아." 이러한 기괴한 대화문과 함께 불가능한 성교에 당혹스러워하는 기묘한 간통자들을 존 업다이크는 집요하도록 궁지로 몰아넣는다. 성교가 불가능한 상황에서 뭔가 자신이 할 수 있는 게 있냐고 묻는 이 불안한 암시는 곤란한 답을 초래할 뿐이다. "Do What? I don't Know how." 이로써 두 사람의 기분은 우울해질 뿐이다. 아마도 웃어버릴 수는 있다. 그러나 그 웃음소리나 그 미소는 머지않아 허공으로 빨려 들어가거나, 얼어붙어서 얼굴에 일어나는 경련으로 변하게 될 뿐이다.

성적인 것의 악몽

나는 성적인 것에 대해 생각하면서, 활자를 통해 알게 된 그 젊은 일본인 아가씨가, 구제될 수 없는 황량한 성적인 것의 심연에서 홀로 떨며 어떤 구제의 시도에도 "너는 악몽을

꾸고 있다, 돌아가라"는 소리를 듣지 않고, 정면에서 죽음의
자기 파괴로 치달은 그 일본인에 대해 두려움을 느꼈던 것을
떠올렸다.

그것은 어느 목수의 24세인 아내가 왼쪽 새끼손가락 절단
과 팔뚝에 남편의 이름이 낙인찍힌 화상 흉터, 그리고 등에
도 같은 상처 등 셀 수 없는 상처를 입고 패혈증을 일으켜 만
신창이가 된 육체로 사망한 실제 사건이었다. 아내의 요구로
그녀에게 상처를 입힌 '정신 박약' 목수는 그의 수난이 끝난
것을 안도하며 자신을 덮친 성적인 것에 대한 악몽 전체를
정신과 의사에게 털어놓았다.

> 상처를 입혀도 조금도 아프다고 안 합니다. 성교하면서 상처를
> 입힌 적은 없지만 후에 그런 적은 있습니다. 그 후에 새끼손가락
> 을 지른 적도 있습니다. 고약을 붙여 주니까 그냥 자라고 해서 잤
> 더니 내 것을 핥아 세워 끼운 것입니다. 그리고 당신, 안 헤어질
> 거지? 하고 묻습니다. 그래서 그렇다고 하자 안심하고 기뻐했습
> 니다. 발가락 세 개를 자를 때는 혼자서 잘랐습니다. 그것은 경찰
> 에 오기 6일 정도 전에 또 내게 자라고 해서 잤을 때 또 똑같이
> 하고는 좋아했습니다. (다카하시 데쓰高橋鉄 『비정상』)

성적인 것에 신들린 여자는 곧장 성적인 것의 암흑으로 돌
진하여 다시 돌아오지 못했다.

그러나 존 업다이크는 그의 활자 너머 인간들을 성적인 것의 심연에 잠기게 할 뿐, 모두 익사시키지는 않았다. 여기서 이 말에 나는 조금도 도덕적인 의미를 담지 않았다고 강조하겠지만, 왜 그래야만 했을까? 그것은 존 업다이크가 작가이기 때문이다. 업다이크는 피트와 폭시, 그리고 우리 모두가 그 악몽의 심연 밑바닥에 발이 닿았을 때 땅을 차고 수면 위로 떠올라 가기를 원한다. 결코 도덕적인 의미에서 말하는 것이 아니지만, 나는 그렇게 말해야만 한다.

작가란 어떠한 피비린내 나는 정치적인 악몽, 나아가 정체를 알 수 없는 냄새나는 성적인 악몽 속에서도 언제나 팡타그뤼엘리온Pantagruelion 풀을 원하는 인간이기 때문이다. 이 약초를 위해 정치적인 것의 악몽과 성적인 것의 악몽 속에서 어두운 덩굴 풀 구석으로 비집고 들어가는 인간이다. 때문에 "이건 꿈이다, 악몽에서 깨어나라"는 소리를 듣지도 않을뿐더러 그렇게 외치는 자들 또한 이 덩굴 풀 속으로 끌어들이려는 뻔뻔한 음모를 꾸밀지도 모를 인간이기 때문이다.

라블레의 '팡타그뤼엘리온'

팡타그뤼엘리온 풀이란 무엇인가? 그리고 또 내가 나의 팡타그뤼엘리온 풀로부터 받은 '크게 칭송할 만한 공덕'을 따라 이야기하는 것이지만, 극히 개인적인 의미로 팡타그뤼엘리온 풀이란 말을 사용한 이상, "내게 팡타그뤼엘리온 풀이란 무엇인가?"라는 질문에도 답해야만 할 것이다. "해당 식물은 팡타그뤼엘리온 풀이라 불렸지만 그 이유는 팡타그뤼엘Pantagruel이란 사람이 그 식물을 발견했기 때문이다. 그렇지만 식물 그 자체의 발견자란 의미가 아니라 이것을 어떤 용도로 사용하는 것인지를 발견했다는 의미이다"라고 어느 뛰어난 르네상스인이 이를 칭송하며 명쾌한 정신의 지적 유머와도 같은 말을 풀어놓고 팡타그뤼엘리온 풀에 대한 설명이 이어진다.

> 팡타그뤼엘은 바람직한 완벽함의 이념이고 귀감이었다. (미술을 사랑하는 제군 중 이것에 의문을 갖는 사람은 한 명도 없으리라 믿는다.) 따라서 팡타그뤼엘리온 풀에 실로 많은 좋은 성품과 정력, 완벽함 그리고 훌륭한 효능을 인정했고, 나무가 (예언자가 기록하는 것과 같이) 숲속 왕자를 선택하여 지배 통치를 부탁할 당시에 만약 팡타그뤼엘리온 풀의 좋은 성품이 알려졌다면 분명 이 식물은 최대 다수의 투표와 찬성을 얻었을 것이다.

그 즙액을 귓구멍에 넣으면 균을 죽이고 물에 타면 응고된 우유처럼 변해 설사하는 말의 특효약이 된다. 또 뿌리를 달이면 경직성 중풍과 구루병을 완화시키고, 화상을 낫게 하려면 팡타그뤼엘리온 풀을 그대로 붙여 놓으면 된다. 팡타그뤼엘리온 풀이 없으면 부엌은 더러워지고 제분사는 밀을 풍차 곳간에 옮길 수 없고, 변호사는 변론을 법정에서 제기할 수 없다.

> 팡타그뤼엘리온 풀을 쓰면 자연에 은닉되어 알 수 없는 것, 미지의 것이라고 생각하는 모든 것이 우리에게 오고 우리도 그들에게 향하게 되어 있다.

이것을 언급한 이유는, 프랑수아 라블레François Rabelais의 세 번째 『팡타그뤼엘 이야기』에서 여행을 떠나는 팡타그뤼엘이 이 훌륭한 풀을 지니고 다니면서 열정적으로 찬양한 팡타그뤼엘리온 풀이 실은 대마에 불과하다는 사실에 있다. 일본에서 전쟁과 패전 후의 악몽과 두려움에 진심으로 저항하려 했던, 즉 라블레와 같은 정신을 추구하려 했던 프랑스 문학자는 라블레의 정신에 대해서 다음과 같이 쓴다.

> 우리는 이러한 여러 학문에 발전을 토대로 르네상스기 인간 환희

로 가득 찬 소리를 듣고 구별할 수 있다. 여러 학설과 전설의 나열도 이 '신령한 약초'를 사용해서 장차 인류가 창조하게 될 많은 경이로운 서술도 같은 환희의 소리로 가득하지만, 제51장 말미에 올림포스 신들이 인간을 두려워해서 누설하는 말은 가장 상징적이다. '팡타그뤼엘리온 풀'은 바로 르네상스기에 인간이 획득한 그 무엇이었던 것이다. 신은 다음과 같이 소리친다.

"팡타그뤼엘이 이 풀을 사용해서 효과를 발휘한 결과, 우리는 새로운 걱정을 하게 되었지만, 예전 알로이데스족보다 더 심하군. (…) 우리는 이 숙명을 거스를 수 없다. 그것은 '필연'의 딸, 숙명의 자매가 이미 실타래에 감아 버렸기 때문이다. 그리고 신들은 팡타그뤼엘 자손이 천계를 범할 것을 각오해야 한다."

이렇게 이교도적인 숙명사상을 라블레가 문학적 방법으로 이용한 것에 불과하다고 볼 수도 있다. 그러나 '팡타그뤼엘리온 풀'이 마치 속임수에 가까운 것이라고 해도 새롭게 인류가 획득한 상징(합리 정신, 과학 정신, 자유 정신 등)의 기원과 인류 진보의 기록은 르네상스적 인간 찬가인 것이다. (하구스이샤 『팡타그뤼엘 이야기』)

나는 계속 이 라블레 학자의 말을 생각하면서 살아왔다. 대학 교단 위에 선 이 학자를 눈앞의 현실에서 보고, 이 말에 대한 그 내면의 목소리를 환영처럼 들을 때마다, 나는 내부에서 일어나는 소용돌이로 들어가 걷잡을 수 없는 상태로 시간을 보냈다.

광기의 악몽

그때, 「16세기 불어 문법」 강의를 듣던 나는 누구보다 빈곤한 노트를 소유하고 있었다. 나는 내가 반복되는 어둡고 참혹한 꿈, 혹독한 악몽 속에 허우적거리면서 생애를 보내게 될 것이라 예감하고 있었다. 나는 몰래 내가 광기라는 후퇴할 수 없는 악몽 속에 빠져, 모든 것이 조속하고도 단순하게 종말을 맞이할지도 모른다고 은밀히 예감하기도 했다.

악몽 중에 있는 나는 폭풍을 숨긴 캄캄한 허공에 날려진 거센 바람에 펄럭이는 종이 연과도 같았고, 동시에 그것을 위태롭게 들고 있는 인간이기도 했다. 결국 실이 끊어져 나의 분신과도 같은 종이 연이 캄캄한 허공 속으로 빨려 들어간다면, 그것은 광기 때문일 것이다. 지면에 늘어뜨려진 실을 잡고 선 남자는 내 육체를 갖고는 있지만 이미 내 영혼과는 멀어져 버렸다. 순간, 나는 그렇게 계속 생각하다가 공포에 질려 움츠러든다.

나는 진정 죽음을 두려워하는 만큼, 광기를 두려워하는 청년이었다. 또 나는 내가 계속 악몽에 빠져들기 쉬운 성향의 인간이라는 사실을 청년기가 시작된 때부터 인정할 수밖에 없었다.

내가 악몽에 빠지려고 하면, 또 하나의 내가 "이건 꿈이야, 꿈에서 깨어나라!"고 외쳐도 악몽 중에 있는 나는 무표정으로 "여기서 보면 네가 있는 곳이 진짜 악몽이다"라고 대답하려는 것을 경험으로 익히 알고 있었다. 그렇다면 나는 끊임없이 다가오는 장애물에 어떻게 대처하면 좋을까, 악몽 깊은 곳으로 휘말리기 쉬운 성질이라는 것이 부분적인 결함이라면, 그것을 폐 수술처럼 제거해 버릴까?

그러나 그 후에 나는 역시 진짜 나와는 다른 생판 남처럼 느껴지는 새로운 나가 될 것이다. 그래서 나는 악몽의 허공에 나 자신을 연과 같이 날리는 것을 그만두지 않는 대신에, 나의 육체=영혼을 대기권 내에서 회수 가능하도록 관리 체제를 갖추자고 결론을 내렸다.

그리고 나는 악몽의 심연, 그 밑바닥에 도달했을 때나 악몽의 허공을 뚫고 떠오르려 할 때 한 다발의 대마와 같은 존재를 발견해 오려고 했다. 타인의 눈에 그것은 그저 초라하고 지저분한 유난히 무의미한 한 다발의 대마이다. 그러나 나는 그것을 혼자서 팡타그뤼엘리온 풀이라고 부르며, 심연이나 허공의 악몽과도 다름없는 현실 세계로 귀환하는 나 자신을 격려하려고 했던 것이다. 허클베리 핀의 결단인 1분간과 내 영혼을 망가뜨리고 내 육체를 노예로 끌고 가는 두려운 노인에 대해 이야기하기를 꺼려왔던 것처럼 『팡타그뤼엘 이야기』에 대한 나만의 특별한 해석을 이야기하고 싶지 않았다.

그런데, 여름이 되어 처음 나는 팡타그뤼엘리온 풀에 대한 의미에 대해 그 라블레 학자에게 이야기했고, 그 이야기는 내 귀에도 왜곡되어 있었다. 그 이야기는 어딘가 우스꽝스러웠기 때문에 교수의 귀에도 어떠한 의미로도 전달되지 않았을 것이 분명했다. 나의 내면적 요구에 따른 왜곡된 팡타그뤼엘리온 풀의 의미가 비정상적이라고 비난을 받아도 어쩔 수 없고, 사실 '르네상스적인 인간 찬가'에 비하자면 큰 의미가 없을지도 모른다.

벌써 10년도 더 지난 한밤중의 일이었다. 내 의식의 종이연이 물리적으로는 멍하게 있었던 것뿐이지만, 기묘한 심리적 고양감과 함께 확실히 한계를 넘어선 것을 느꼈다. 그리고 나는 대책을 궁리한 끝에, 육체적인 고통이라면 의식이 허공으로 날아가는 것을 막아 줄 것이라 생각했다. 파스칼이 수학 문제를 풀기 위해 치통조차 잊었다는 기억과 반대로 나는 어릴 적에 경험한 기억의 조각을 증명해 보려고 했다.

나는 마취제에 취한 기분으로 이 기억의 조각은 내가 이때를 위해 10년이나 간직하고 있었던 것이라고, 답을 발견한 해방감과 묘한 확신이 들었다. 그리고 어리석게도 실행에 옮긴 일은 왼쪽 엄지와 검지 사이를 칼로 찔러 본 것이었는데, 살이 칼에 닿는 순간 그 저항감에 당황하여 오른쪽 손도 베이고 말았다. 고통은 가벼웠지만 피투성이가 된 양손을 어찌

할 바를 몰라, 악몽의 중천을 헤매는 내 의식은 좀처럼 현실로 돌아오지 않는 것을 느꼈다. 다시 나는 심각한 위기감과 공포에 사로잡혔다.

그러나 양손에 붕대를 감아 노트에 한 줄도 못 쓰고 「16세기 불어 문법」의 교실 뒷자리에 앉아 있던 나는 '붕대 안에 한 줌의 대마, 팡타그뤼엘리온 풀을 라블레가 보증하는 치료약으로 넣었다'고 느꼈고, 때문에 결코 밝지 않은 나날이었지만 그럼에도 이것을 나의 청춘이라 부를 수밖에 없다.

악몽, 그 후에

존 업다이크는 그 자신이 괴로운 체험을 한 후에 어떻게든 새로운 생활을 시작하는 것을 암시하듯이, 여러 악몽의 심연 밑바닥에 발을 바짝 붙였다가 겨우 빠져 올라온 피트와 폭시의 새로운 결혼에 대해 이야기하지 않는다. 여기서 나는 역시 이야기를 비틀어 나만의 방식으로 자유로운 상상을 펼쳐 본다. 피트와 폭시가 외딴 마을을 향하는 자동차에 한 다발의 대마, 그들만의 팡타그뤼엘리온 풀을 실어 두었을 것이라고. "진정 벗어나기 어려운 악몽이 펼쳐진 후에야, 쓰린 경험을 한 인간에게 팡타그뤼엘리온 풀이 허락되었고, 르네상스와 달리 현대는 이런 시대인 것이다"라고, 현재를 바라보며 이야기하는 존 업다이크의 목소리를 듣는 듯했다.

나는 책을 덮고 멍하게 앉아 있다가 술을 마신다. 폴란드산 들소 마크가 찍힌 즈브로카Żubrówka라는 보드카에는 이 동물이 좋아하는 향기 나는 풀 한 줄기가 들어 있다. 가끔 나는 지금 막 읽기를 끝낸 활자 너머의 어두운 세계에 사는 영웅과, 악당들이 겨우 쟁취한 한 다발의 팡타그뤼엘리온 풀에서 한 가닥만을 활자 밖으로 건네준 것이 아닐까 하고 취한 기분일 때가 있다.

『캐치-22』의 악몽

『캐치-22』는 처음부터 악몽으로 시작되고, 그 광기의 쇠사슬에 휘감긴 비행사 요사리안이 마지막에 겨우 탈출을 결단하기까지 그 악몽은 요란하게 울려 퍼지며 끝나지 않기 때문에, 여기에서 어떤 악몽 구조가 나오는지 다시 자세히 언급하지는 않겠다. 이 책은 처음부터 끝까지 그야말로 악몽이다.

이 광기로 가득 찬 소용돌이와 폭발하는 유머가 즐비한 이 책은 광기적인 악몽을 중심으로 전개되며, '온전한 정신'을 가지고 전쟁과 그 악몽에서 탈출하기 위한 비행사 요사리안의 모험이 그려진다. 그 결단과 실행의 한 발자국조차 슬랩스틱 코미디로 표현되는 것에서도, 이 소설의 분위기는 잘 나타난다.

영어에 드러나는 유쾌함은 의역이 들어간 번역(말할 것도 없이, 이것은 번역자의 정당한 선택이다, 번역에는 이러한 어쩔 수 없는 선택이 항상 따라다닌다. 때문에 번역된 하나의 말에 고정되기 직전, 굳이 말하자면 영원히 고정되기 직전의 말에 존재하는 긴장감이 나를 사로잡는다) 대신에, 원문을 펼쳐 보면 잘 전달된다.

탈출하여 스웨덴으로 가려고 하는 비행사 요사리온에게 상관이,

    "You'll have to jump."라고 외친다.
    "I'll jump."
    "Jump!" Major Danby cried.
    Yossarian jumped.

그리고 문 그림자 뒤에 숨어 있던 죽은 동료의 여자친구인 매춘부가 던진 칼을 요사리온이 간발의 차로 피하고 떠나는 것으로 이 장편 소설은 일단락된다.

자유를 향해 점프하려는 요사리온이 소유했던 한 다발의 팡타그뤼엘리온 풀은 무엇이었을까. 라블레식 유머가 엿보이는 악몽 속에서 도토리나 야생 사과를 입에 넣고, 추락하면 노란 구명보트에 앉아 노를 저어 낚은 생대구를 먹고, 지브

롤터Gibraltar 해협을 넘어 스웨덴으로 도망친다는 정신 나간 계획이 결국 성공했다는 내용이 바로 그것이다.

다시 악몽과 마주하며

나는 조셉 헬러가 그저 이상하고 황당무계하다고 말하기 전에 온갖 광기로 가득한 '희망' 속에서, 비행사 요사리온의 가장 광기적인 '희망'을 위해, 팡타그뤼엘리온 풀을 준비해 두었음에 불만의 여지가 없다.

조셉 헬러에게 이끌려 경험한 『캐치-22』의 악몽은, 존 업다이크의 소설처럼 실로 현재의 미국의 핵 군사력이 장악한 세계적 상황을 예리하게 파고드는 기본 구조를 갖추고 있다. 단적으로 미국은, 죽음을 무릅쓰고 도전하는 남자와 같은 존재의 위기적인 장르에 흥미를 느끼고, 그러한 남자가 자신과도 근원적으로 연결되었다고 느끼는, 거대한 수의 민중이 존재하는 나라가 아닌가.

억지로 함께 탄 로켓이 우주로 추방되는 악몽만큼, 그대로 죽음을 표상하는 꿈은 드물겠지만, 실제로 달을 향해 출발하는 로켓에 탑승한 세 미국인에게 백만 군중이 "Go, go, go!"라고 투우장에서 외치듯 함성을 지르는 나라. 그 나라로부터 존 업다이크가, 또 조셉 헬러가 발신하는 메시지는 활자 너머의 어둠에서 전달되어, 나는 또 하나의 새로운 미국을 경험하게 된다.

그리고 나는 라블레에게 영향을 받은 미국인 조셉 헬러가, 라블레가 그린 올림포스 신들의 예언처럼 '달의 세계까지 침범'한 팡타그뤼엘 자손이 입는 우주복에는 대마 섬유를 사용하지 않았을까 하고 몽상에 잠긴 광경을 떠올리며 나 자신을 또한 기다리는, 우주의 암흑과 관련된 악몽에 맞서기 위해 또 한 줄기의 팡타그뤼엘리온 풀을 준비하는 것이다.

4. 핵 시대의 폭군 죽이기

은폐된 폭력

폭력이란 말이 내게 환기시키는 내용은 처음부터 폭력을 당하는 육체로서의 의식이었다. 나는 폭력이란 활자를 만날 때마다 역과 공항 짐 보관소에서 보이는 '파손 주의' 혹은 부서지기 쉬운fragile이라 적힌 빨간 표식이 내 육체에 딱 붙어 있는 것처럼 느꼈다.

이 감각이 연쇄 반응을 일으키는 지점은 항상 같은 방향성은 아니었지만 인간이란 참으로 약하고 부서지기 쉬운 존재라는 인식에서였다. 특히 예민한 의식에서 살펴보면 폭력적인 것에 연루되는 특수한 인간이 보내는 신호와 다양한 곳에서 폭력이 발생하는 상황에 무관심할 수 없었다.

나는 신문기사를 수집했다. 뼈를 둘러싼 얇은 막이 반복적으로 상처를 입어 만성 염증을 일으켰고 손쓸 수 없을 지경까지 악화되었으나, 계속 보험 사기에 이용당한 초등학생을 다룬 기사였다. 그리고 한 복서의 인터뷰 기사는 아무리 글러브를 껴도 머리에 여러 번 강한 타격을 가하면 뇌는 도시락 통에 든 무른 두부와 같은 상태가 된다는 내용이었다.

나는 글 쓰는 일을 시작한 지 얼마 안 된 인간이고, 폭력이란 말, 혹은 그것이 환기시키는 것에 대해 쓰려고 할 때마다, 책상 앞에 있는 내가 어쨌든 폭력을 모면했다고 의식할 수밖에 없다. 부서지기 쉬운 내 육체가 일단 자유롭다고 의식하기 때문에, 가끔씩 폭력이란 말을 축으로 복잡한 소용돌이가 일어났다. 결코 폭력과 무관한 장소에서 살았던 것은 아니라고 인식하면서도, 내가 폭력을 경험했다고 타인에게 주장하는 일에 위화감을 느꼈다.

그것은 단적으로 말하자면, 나는 부서지기 쉬운 존재이자 육체인 나 자신을 은폐하며 살아왔다는 예감이 들었기 때문이다. 우리 인생에는 죽음이란 각인이 찍혀 있지만, 매일 제정신으로 살기 위해 우리에게 내재된 죽음을 은폐하려 한다. 그러나 원하든 원하지 않든 한번 죽음을 발견하기 시작한 사람은, 일상 곳곳에 편재된 죽음과 정면으로 마주해야만 한다.

그리고 나아가 그것을 계속 은폐하려고 하면, 최악의 곤란한 상황을 초래하게 된다.

폭력을 당한 육체로 자신을 의식하는 것은, 죽을 수밖에 없는 육체를 의식하는 것처럼 언제나 그것을 회피하기 위해 의식적이든 무의식적이든 간에 노력을 거듭하는 상황에서 일어난다. 종종 우리는 폭력이라는 계기와 관련하여 기묘한 왜곡과 이상한 보상 행위로 도망치는 퇴행 현상을 발견하곤 한다.

폭력의 발견

숲 골짜기 마을에서 보냈던 어린 시절에, 특히 시골 분교의 동급생들이 일정 나이가 되어 본교로 전학을 온 그해는, 지금 와서 생각해도 폭력과 공포의 시기였다. 머지않아 나는 아동문학가 쓰보타坪田讓治의 유소년기를 회고하는 글에서 똑같은 폭력과 공포를 발견하게 되었다.

그리고 오열하는 어린 남동생을 진정시키려 흥분한 나머지 익사하고 마는 아이가 현실적으로 느껴졌고, 모든 폭력과 사고의 덫에서 살아남아서 기적적인 행운의 연속을 경험한 후에, 이러한 속박에서 해방된 작가라는 존재를 실재적 긴장으로 가득 찬 우연이라고 느꼈다.

동시에 작가란 반짝반짝 빛나는 강물에 떠내려가는 아이를 다리 위에서 내려다보는 자들이며, 결국 자신은 희생된 아이가 아니라는 미묘한 딜레마는, 강물에 떠내려가는 아이의 존재감이 강하면 강할수록 날카로운 감각으로 나를 덮칠 것이라 생각했다.

그해 연말에 질펀거리는 운동장으로 나갈 수 없던 아이들은 교실에서 씨름을 했다. 분교에서 전학 온 난폭한 소년이 본교생 중에서도 가장 부서지기 쉬운 연약한 인상의 의사 아들을 들어서 내던졌다. 척추가 골절되는 부상을 당한 의사 아들은, 반신불수가 되어 수년 후에 죽었다.

그 난폭한 가해자 소년은 혼자 학교 2층 계단 꼭대기에서 복도로 뛰어내리다가 계단 중간에서 떨어져 그 충격으로 입술과 아래턱이 부서졌다. 그래도 어쨌든 살아남은 소년은 항상 막나른 길에 몰려 반항하는 짐승 같은 표정을 하고 있었다. 그는 아이들 무리 가운데에서도 유독 거친 말을 쓰는 폭력과 공포의 근원이었고, 궁지에 몰린 짐승처럼 학대당한 인상의 소년으로 살아갔다.

나는 고향을 떠나 10년가량 지났을 때, 역시 고향을 떠났던 그 학대당한 인상의 소년과 고베神戸에서 우연히 마주쳤다. 과거에 궁지에 몰린 짐승 같았던 난폭자는 흡사 여자 같은 몸짓을 섞어 가면서 온화한 간사이關西 사투리를 쓰는 우아한 남자로 변해 있었다.

그가 쉬지 않고 주절댄 것은, 무법자였던 의사 아들이 괴롭히자 어쩔 수 없이 저항한 끝에 그 아들이 척추를 다쳤고, 그 때문에 친구들한테 비난받아 2층 계단에서 떠밀렸다는 내용이었다. 즉, 완전히 사실과 반대되는 과거를 계속 이야기하면서 "그렇지, 그랬지, 그랬다니까"라는 식으로 뻔뻔하게 나의 기억을 강요하려 했다.

나는 바로 육체적인 혐오감을 느껴 그가 바짝 다가오는 것을 피하면서도, 좁은 골짜기 마을에서 늘 궁지에 몰린 짐승 같았던 그가 고향을 떠나 발견한 간사이 사투리를 피난처로 삼아 도망쳤다는 인상을 지울 수 없었다. 고향에 살던 아이들 사이에서 그가 반복하는 "그렇지, 그랬지, 그랬다니까"라는 말투에 명확히 대비되는 표현은 결코 존재하지 않았다.

그러나 나는 그와 헤어지고 나서, 그렇게 간사이 사투리로 막힘없이 그가 거짓 수난을 말할 수 있었던 것은, 그 일이 종종 타인에게 반복적으로 설명해 온 레퍼토리였기 때문이란 사실을 깨닫고, 다시금 마음이 안정되지 않았다.

가짜 이야기

골짜기 마을에서 멀리 떠나 아무것도 모르는 타인들 속에서 살아가는 이상, 소년 시절에 일으킨 상해 사고는 그저 침묵하면 끝날 일을, 그는 왜 그토록 불가사의한 거짓 수난 이야기를 만들어 끊임없이 이야기하게 된 것일까.

결국 그가 여자 같은 행동까지 하게 된, 기묘하게 뿌리 깊은 곳까지 피해자 타입의 우아한 남자로 변해 버린 것인데, 그것은 그의 새로운 생활에서 필요한 행위였을까.

내가 추측할 수 있었던 것은 매우 작은 부분이다. 즉, 그도 하나의 작가가 된 것이라고 나는 생각했다. 간사이 사투리와의 만남, 그의 거짓 수난을 상대에게 납득시키기에 매우 적합한 온화하고도 강요하는 듯한 말과의 만남이 그가 이야기를 지어내는 데 큰 계기가 된 것이다. 새로운 양상을 보이는 말의 발견과 상상력이 작용했다는 점에서, 그의 변신은 단적으로 작가와 동일한 방향성을 갖추고 있다.

그러나 그가 창작한 것은 단 하나의 수난 이야기다. 다음으로 그는 무엇을 지어낼 것인가? 그렇게 생각하자 나는 여자처럼 우아한 남자로 변모한 어릴 적 친구의, 불확실한 초점의 사팔뜨기 눈에는 무해한 말투와는 반대로 불안한 기색이 역력했다는 생각이 들기 시작했다. 그는 다시 폭력을 휘둘러 무언가를 파괴하고, 마치 자신이 피해자였던 것처럼 금세 거짓 수난 이야기를 만들어 "그렇지, 그랬지, 그랬다니까"라는 식으로 타인을 설득하기 시작한 것은 아닐까 하고 나는 의심했다.

말할 것도 없이 그것은 나의 강박관념 때문이리라. 소년기의 나에게 어릴 적 그 친구는 현실에 직접 나타난 난폭한 신과 같은 존재였고, 그는 나에게 폭력을 가할 수 있는 존재이자, 계단에서 추락하여 자기 육체에 폭력을 가한 자로서 스스로 상처 입은 육체를 나에게 과시한 인간이었다. 나는 오랫동안 그를 남몰래 두려워해 왔던 것이다.

나는 부서지기 쉬운 육체를 스스로 은폐하려고 매일 노력해 왔다고 언급했지만, 폭력이란 격한 역동성을 포함한 말의 내부의 뫼비우스 띠 궤도를 한 바퀴 돌듯이 그 역방향도 이야기해야만 한다. 나는 말을 통해 부서지기 쉬운 육체를 가진 나 자신을 적나라하게 노출시키려 했다. 게다가 그때 사용되는 말이란 반드시 나의 말만이 아니다.

문학과 폭력

나는 일찍이 문장을 활자로 쓰기 시작할 때부터, 타인이 쓴 활자 너머의 어둠에 어떤 위험하고 긴장된 존재를 발견했다. 때문에 나의 말을 구축하기보다, 타인의 말을 분석하는 일에 열중할 수밖에 없었다. 그러한 존재의 중심에 폭력적인 것이 있다는 것을 지금은 확실히 인정할 수 있다. 그것은 폭력적인 것으로부터 격리된 곳, 바로 문장을 방어막으로 하여 폭력적인 것이 자기 육체를 통과할 때 생기는 연금술을 꿈꾸는 인간임을 스스로 인정하게 하는 것이라고 생각했다.

나는 폭력을 당한 육체의 의식을 확인할 때, 근원적으로 하나의 구별된 질서로 비약될 수밖에 없는 인간성에 대해 확신하고 있었다. 이러한 생각으로 20세기 후반 소설 세계로 들어가 수많은 증거 자료를 수집하고, 활자 너머의 어둠에서 현실로 돌아왔다.

악당 소설과 자기 형성의 편력 소설이란 틈새를 자유로이 왕래하는, 솔 벨로Saul Bellow의 주인공은 다음과 같이 말한다. "현존하는 것에 얼마나 가치가 있을까, 생존하는 동안 얼마나 사실을 셀 수 있을까."

솔 벨로에 따르면, 어떤 사람에게는 알기까지 상당히 시간이 걸리는 근원적인 생애의 대차대조표를 구하는 일은 멕시코 산 속에서 매사냥하던 중에 말에서 떨어지고, 또 그 말에 차여 아래턱 이를 모두 잃고 머리가 깨지는, 피투성이가 되면서 비로소 시작된다고 말한다. (파퓰러 라이브러리)

여기 한 모험적 인간에게 전개되는 자기 형성의 과정에서 폭력을 당한 육체의 의식, 피투성이 껍데기 같은 자신의 의식이, 본질적으로 도약하기 위한 구름판과 같은 역할을 한다는 것을 나타내고 있다. 그것은 영국의 '분노하는 청년들'이 보이는 다양한 주인공이 경험했던 구름판이기도 하다.

존 브레인John Braine의 주인공이 만족스럽게 '연상녀' 애
인을 내쫓고 새 출발을 기대할 만한 상황에서 왜 죽을 정도
로 술에 취해 호되게 당해야만 했을까. 그것은 단지 자기 처
벌의 욕구가 아닌, 더 근원적인 부분에서 역동하게 된 결과
이다.

앨런 실리트Alan Sillitoe의 난폭자이면서 반도덕가인 주인
공이 사소한 불륜을 빌미로 군인들에게 당해야만 한 이유는
무엇이었을까. 죽도록 맞았다고 해서 젊은 육체노동자가 결
코 초라하게 움츠러들거나 반성할 리가 없다면 이 사건은 그
의 내부에서 어떤 의미도 없는 것일까? 그것은 결코 그렇지
않을뿐더러 근원적인 계기를 만든다.

주인공 청년은 사건이 일어난 후에 침울한 긴장 상태에 빠
지게 되면서, 처음으로 결혼과 출산에 대해 생각하게 된 것
이다. 폭력을 가하는 육체의 의식에서, 폭력을 당하는 육체
의 의식으로 치닫는 청년의 경험은, 현실적인 전망에서 새로
운 탈출구인 창문을 열게 된 것이다.

육체의 의식에서 반전이 거듭되는 위기를 살아가는 인간
을 묘사하기 위해서는, 솔 벨로와 '분노하는 청년들'뿐 아니
라 그 육체가 폭력을 가하는 의식으로부터 어떻게 폭력을 당
하는 의식으로 이동했는가, 그 전환점을 파악해야만 한다.

역사와 폭력

사실이 기괴하고 원인이 불분명한 변화를 충분히 경험하기 위해서 군이 폭력의 현장에 끌려가 버린 청춘을 소유한 인간의 양상을, 누구라도 얼마간은 기억하고 있을 것이다.

전쟁 말기에 위험한 바다를 건너 중국으로 향한 청년이 있었다. 그는 금세 폭력을 당하는 육체인 자신을 발견한다. 더욱이 처음에는 폭력을 가하는 육체를 가진 일본인 속에 그 총체로서 속해 있었고, 머지않아 그 총체로서의 일본인은 폭력을 당하는 육체의 일본인으로 변했기 때문에 사정은 복잡하고, 이 청년 개인이 경험한 내용은 그것보다 더 복잡하다.

청년은 도쿄대 공습 후에, 그러니까 전쟁이 거의 끝나갈 무렵에 상하이로 건너갔는데, 일주일도 채 지나지 않아 폭력 현장에 서게 되었고, 자기 육체와 함께 그 속으로 깊숙이 들어가 그의 디딤판을 발견했다.

> 어느 아파트에서 서양식 하얀 면사포를 쓴 신부 복장을 한 중국인이 나왔고, 배웅하는 사람들과 헤어짐을 아쉬워하고 있었다. 자동차가 대기하고 있었다. 나는 그 광경을 건너편에서 보았다. 그런데 갑자기 아파트 길모퉁이에서 공무 완장을 찬 일본 병사 세 명이 다가왔다. 그들 중 한 명이 갑자기 배웅하는 사람들 사이를 비집고 들어가 신부의 면사포를 벗기고, 이를 드러내고 뭔가

말하면서 두꺼운 손가락으로 그녀의 얼굴을 두세 번 찔렀다. 그리고 그대로 카키색 군복을 입은 일본 병사의 팔은 아래를 향했고 가슴과 하복부를…. 그 순간 나 자신은 창백해진 얼굴로 비틀비틀 길을 건너고 있음을 느꼈다. 아무 힘도 없는 주제에 남달리 무모했던 나는 병사들에게 덤벼들어 흠씬 두들겨 맞고 광대뼈가 짓이겨질 정도로 콘크리트에 부딪혔다. (『상하이에서』)

이 청년은 "흠씬 두들겨 맞고서야 차츰차츰 '일본군'이 현실에서, 여기 중국에서 어떤 짓을 하고 있는지 완전히 이해했다"고 말하며, "하나의 출발점"에 서서 머지않아 홋타 요시에堀田善衛라는 한 명의 독립된 작가가 되기 위한 길을 걷기 시작했다. 패전의 현장에 남겨진 청년은 사형 집행을 보고 다음과 같이 이야기한다.

왜 이러한 사형 집행을 보게 되었는가. 당시 매국노와 일본인 전범 처형은 곧잘 공개되곤 했다. 잔혹하고 야만적인 이야기지만 사실이 그랬다. 처형 시간 직전에 우연히 나는 마침 그 자리에 있었다. 호송차와 군중이 우르르 몰려들어 꼼짝하지 못한 탓도 있었지만, 또 일본 정치와 전쟁에 협력한 중국인의 죽음을 일본인 가운데 누구 하나라도 얼마나 잔혹했는가를 목격한 사람이 한 명이라도 있어야 한다고 생각했기에 나는 구토를 참고 식은땀을 흘리며 군중 사이에 섞여 자욱한 먼지 속에 있었던 것이다.

이렇게 자아 훗타 요시에의 전체적인 방향성을 결정지었던, "토할 것 같았지만 토할 수 없는 울분과 공포로 꼼짝하지 못하고, 누워 있는 방금까지 살아 있던 시체를 잠시 바라보았다. 후두부가 심하게 손상된 것 같다"고 밝힌 것처럼, 청년기의 그가 오직 육체를 통해서만 가능한 관찰력으로 응시했던 것이다. 그때 이 청년의 육체는 폭력을 가하는 의식과 폭력을 당하는 육체의 의식이 혼란스럽게 교차되는 현장에서, 더욱 근원적인 경험을 쟁취했음에 틀림없다.

나는 패전을 전후로 한 격동기 상하이를 관찰한 이 청년의 근원적인 경험에 대하여 경외심을 느끼며, 다음과 같은 한 남자의 군대 체험을 그린, 이제 막 전쟁터에서 돌아온 작가에게도 연속되는 감정을 느낀다.

> 순간, 그의 눈앞이 확 컴컴해졌고, 그의 신체 위에 수류탄이 폭발한 순간의 물컹한 감각, 의식과 체액이 섞여 끈적끈적한 순간이 덮쳐 왔다. 그리고 어지러운 전선 사이의 틈새는, 축사 뒤쪽에서 그의 어두운 시야에 비친 안구 속 백혈구 구슬 사이의 틈새로 변하여…. 흐물흐물한 내부 감각, 공중으로 솟구치는 자기의식.
>
> (『붕괴 감각』)

폭력의 이중 구조

폭력을 가하거나 당하는 육체로서 부서지기 쉬운 인간이
란 존재를 정확히 파악한 노마 히로시野間宏가 그 육체를 축
으로 구현한 문학적 방법이, 동시대 작가들이 성적인 것을
이용한 애매모호한 방법과 달리 특별했던 것은 당연한 결과
였다. 노마 히로시는 한 쌍의 젊은 연인을 그리는 경우에도
다음과 같이 전체를 파악하여 폭력과 관련한 근원적 경험으
로부터 인간 이해의 본질을 제시했다.

> 그는 안으로 향한 시선에 힘을 모았다. 그러자 그 어두운 육체 속
> 으로부터 피부를 따라 육체의 눈이 크게 떠지고, 그에게 닿은 그
> 녀의 육체로 눈이 향하는 것을 느꼈다. 그리고 그가 마주한 그녀
> 의 육체 속에서도 동일하게 그녀가 소유한 육체의 눈이 크게 떠
> 지며, 두 육체의 눈이 두 피부와 피부 사이에서 서로 응시하는 것
> 을 그는 느꼈다. 둘은 서로 몸속에서 서로 크게 눈을 뜬 채로 맞
> 닿아 있었다. (『두 개의 육체』)

무엇보다 상하이의 홋타 요시에도, 바탄 전투의 노마 히로
시도, 특히 육체와 의식 사이에 뒤틀림이 존재했고 기묘하게
돌출된 부분이 있었던 인간이었음이 분명하다. 그들은 이러
한 왜곡된 부분에서 그들의 폭력을 당하는 육체로서의 의식

(또는 부득이 폭력을 가하는 육체로서의 의식)을 인식하는, 복잡하게 중첩된 이중 구조를 가진 내면의 소유자였을 것이다. 그것은 이윽고 그들이 활자 너머의 어둠에 깊이 관여할 수밖에 없는 인간이라는 것을 나타내고 있다.

행동하는 육체

활자는 강한 산성을 띤 물질같이 인간의 육체에 작용한다. 특히 의식적인 인간이 행동하는 육체가 되려고 할 때, 기묘하고도 어긋난 관계를 발생시킨다.

생텍쥐페리조차 그와 같은 기지에서 싸운 쥘 루아Jules Roy의 증언에 따르면 그런 인간이었다. 이미 작가로서 그 자신을 확립한 지점에서, 훗타 요시에가 상하이를 재방문하고 노마 히로시가 군 진영에 다시 들어가려고 했던 상황처럼, 생텍쥐페리Saint Exupery는 다시금 비행복을 입고 "참가하지 않는다면 나는 누구란 말인가"라고 과거에 자신이 쓴 말에 자극을 받아 전선 복귀를 지원했다.

당시 초고속 쌍발단좌 전투기에 올라타 결국 그것을 망가뜨렸고, "이런 비행기를 조종하기에 나이를 너무 많이 먹었다는 잔혹한 결정"이 내려진다. 그것은 단지 우발적인 사고 이상의 사건이다.

생텍쥐페리의 경솔함은 그의 공로만큼이나 전설적인 것이 되었기 때문이다. 그는 자주 비행기 바퀴와 보조 날개 조작을 잊어버렸다. 그러나 이것은 동승자들을 놀라게 한 사고와 비교하면 애교 수준이라고 할 수 있다. 예를 들어 이런 사고가 있었다. 어느 날, 이륙 직전에 생텍쥐페리는 현실 감각을 완전히 상실해 버렸는데, 퍼뜩 정신을 차리고는 시계가 멈췄다는 것을 알고 당황한 나머지 자신이 계속 비행하고 있었다고 착각했다. 결국 자신의 비행 위치를 파악할 수 없게 되자 당장이라도 연료 부족으로 추락할까 염려해 이륙한 지 10분 만에 야산에 불시착하고 말았다. (쇼분샤)

또한 전쟁터에서 비행기와 함께 세상을 떠난 생텍쥐페리에 대해 쥘 루아는 "생텍쥐페리만큼 명석함과 함께, 인간에 대한 희망을 갖고 의식적으로 죽음의 위험을 수용한 사람은 없다"고 했지만, 염세적이었던 생텍쥐페리를 생각하면 희망이라는 말에 괴리감을 느끼게 된다.

그러나 생텍쥐페리가 폭력을 당하는 육체에 대해, 부서지기 쉬운 한 인간의 육체에 대해, 참으로 명료한 의식을 갖고 죽음의 위험을 수용한 인간이란 사실은 전혀 의심할 여지가 없다.

1970년을 앞둔 지금, 다양한 방향성이 집중되고 있는 일본에서, 폭력을 당하거나 폭력을 가하는 육체로서의 의식을 일부러 회피하지 않는 청년들의 행동을, 나는 매우 짧은 소설에서 축소 모형과 같이 쓰려고 했다. 나의 소설 초고를 본 한 청년은, 반복적으로 길거리에서 부서지기 쉬운 그 자신을 절실히 인식해 온 사람이었는데, 내가 안보 조약 반대 운동을 위한 잡지에 투고하려던 소설 초고에 대해 부정적인 견해를 내비치며,

만약 직접 폭력 현장에 들어갔다가 용케 탈출해 보면, 이런 상상력 조작 따윈 전혀 불필요하단 걸 알게 될 겁니다.

라고 말했다. 나의 초고는 다음과 같다. 잡지 투고를 위한 초고는 다른 것으로 대체하게 될 것이다.

한쪽 무릎을 땅에 딛고 육체의 무게를 지탱한 2초간, 의식과 무의식 사이에서 쓰러져 갔던 그는 자신이 기동대원의 진압 방패로 구타당한 청년인지, 날아오는 돌멩이에 관자놀이를 공격당한 기동대원인지 분간할 수 없다는 사실을 깨달았다. 눈은 보이지 않았고 온몸이 뜨겁게 팽창하며 쿵쿵 땅울림만이 귓가에 또렷했지만, 그것도 도망쳐 오는 발소리인지, 밀고 공격해 오는 발소리인지 알 수 없었다. 이제 2초가 지나, 양쪽 무릎을 꿇고 무겁던 마지막 짐과 같던 머리를 땅에 내려놓자, 우측 눈 옆으로 수류탄과 같은 물건이 굴러오는 것이 느껴졌다. 그는 그것을 잡아 학생을 향해 던지려고 (아니면, 기동대원을 향해 되던지려고) 생각했지

만, 일단 쥐고 나니 그것은 눈구멍에서 나온 눈알이었고 신경이
아직 살아 있어서 통증이 새빨간 불꽃처럼 작렬했다. 그것은 손
바닥을 비췄을 뿐 아니라 천지 사이를 붉은빛 화살로 관통하며
세상 모든 것을 비추는 듯 했다….

핵 공화국의 폭력

워싱턴 D.C.에는 이미 가을이 시작되었다. 여러 나라에서
모인 청춘의 끝 무렵에 있는 사람들이 독일계 이민자인 핵
전략 전문가의 안내에 따라 미로 같은, 극장 통로 같은 곳을
빠져나와 어느 큰 방에 들어갔다. 시각적인 기억은 흐릿했지
만 그곳에는 하나의 핵이 존재한다.

그것은 소박파와 초현실주의자의 융합이 낳은 거친 개척
지의 붉은 농장이 그려진 한 장의 그림이었다. 귀국 얼마 후
산에 올라갔다가 사고를 당해 부고 소식이 전해진, 체코의
경제학자와 내가 작은 소리로 그 그림에 대해 이야기한 것도
기억 속에 남아 있다.

우리 두 사람은 그 방에서 우리를 기다리고 있던, 국제 정
세와 대처 방안을 간략하게 이야기한, 온화한 얼굴에 예리한
눈빛을 가진 남자, 컴퓨터 의자에 앉아 있는 것이 더할 나위
없이 어울리는, 미국인 같지 않았지만 미국에서나 만날 법한

그 점잖은 남자에게 가장 냉담한 두 사람이었다. 농장 그림은 입구 쪽 구석에 걸려 있었고, 우리는 그 남자의 의자로부터 가장 멀찍이 떨어져 있었던 것이다.

그리고 남자는 작은 소리로 말하는 비서의 얘기를 듣고서, 보스의 호출이 있다며 좀처럼 의미를 알 수 없는 미소를 남기고 정면 안쪽 출구로 사라졌다. 그때 처음 나는 그 남자의 말과 태도에 집중했고 정면 안쪽 출구는 무대 장치와 같은 가공으로 느껴져서, 그 속에서는 보스가 기다리는 방은 애초에 아무것도 없는 창고이며 그가 우리들 관객이 떠날 때까지 그 좁은 공간에 쭈그려 앉아 숨죽이는 모습을 상상했다.

당연히 현실에서는 내가 무대 앞에 있는 것이 아니었다. 정면 안쪽 출구로 조용히 걸어간 남자는 분명 그의 보스인 미합중국 대통령과 이야기를 나누었을 것이다. 그러니까 나는 그때, 핵 공화국 압제자와 같은 건물 안에 있었다. 나는 아마 내 생애에서 한 번뿐인 가장 거대한 폭력의 근원에 근접하는 경험을 했다. 때문에 더욱 나는 대통령과 특별 보좌관의 존재감을 그토록 희박한 가공의 것으로 인식할 수밖에 없었던 것이다.

상하이에서 중국이 핵무장하기 전, 마오쩌둥毛澤東은 미국의 제국주의가 종이호랑이라며 모든 핵 공격의 가능성 속에서도 비핵화의 힘을 보여 준 온순하고 큰 몸집의 노인이었고,

그와 만났던 기억은 선명하고도 무거운 현실감으로 남아 있다. 그러나 그곳에서 새로운 핵무기를 도입하여 다시 그런 기억을 떠올리는 것은 불가능하다. 기억의 사진은 곧 흑백 슬라이드 필름처럼 시커멓게 변하여 죽음의 거인으로 횡행하기 시작한다. 핵무기를 보유한 정치 지도자는 온갖 상상력의 촉수가 닿기 무섭게 모든 것을 고사시키고 만다. 그것은 인간적 규모의 상상력 속에서 최악의 데드 엔드를 구성한다.

핵 공화국의 권력자는 핵무기 자체가 지닌 본질에 따라 폭군일 수밖에 없다. 사르트르Jean Paul Sartre가 국민전쟁→인민전쟁의 역사적 흐름 속에서 출현한 핵무기가 현대 전쟁을 전면적으로 반동화했다고 지적한 대로, 핵전쟁은 실제로 적은 수로 제한된 사람들에 의한 전쟁이기 때문이다. 우리 민중은 두려워 떠는 자일 수밖에 없고 몰살당하는 자로서 핵전쟁에 참전한다. 두려워 떠는 자로서 우리들은 핵 시대의 단계적 확대 체제를 후방에서 떠받친다. 이 비참한 역할은 우리들이 몰살당하는 자라는 현실 속에서 보장되는 자격인 것이다.

핵 공화국에서 폭군의 부활은 소름 끼치는 어두운 그림자를 드리운 폭력적인 것의 부활을 가져왔다. 대통령과 암살자는 핵 시대의 얕은 토양 표층에서 일찍이 확실한 혈연을 공유하고 있다. 대통령이 핵무기에 연결된 버튼을 고독하게 주시

할 때, 항상 배후에 그를 노리는 누군지 모를 초라한 암살자의 존재감을 느껴야만 할 것이다. 실제로 모든 어두운 곳에 참혹한 암살자가 있다. 핵 시대 폭군의 위협이 사실상 전 세계를 뒤덮을 때, 세계의 모든 어둠에서 폭군 살인자가 존재한다는 것은 전혀 이상한 일이 아니다.

대통령은 핵 공화국의 왕이라기보다 오히려 사제 직무를 수행하는 권력자일 것이다. 이 세계에서 일단 핵무기에 의한 공포의 균형 관계, 혹은 공포의 사다리가 확고히 정착된 후, 실제로 그 구조를 노골적인 위기에 빠뜨린 것은 국회도 민중 데모도 아니었다. 그것은 한 명의 암살자, 그것도 살해당한 대통령이 '아메리칸 드림'의 구현자로 대우받은 것과 대비되는 그 정반대 인간인 초라한 암살자였다.

댈러스Dallas에서 일어난 존 F. 케네디Kennedy 암살을 소재로 한 많은 출판물이 있다. 그중 하나는 과장되어 있기는 하나, 구체적으로 방대한 민중의 죽음의 가능성이 묘사되고 있고, 공포 소설을 초월하는 기괴한 실체를 현실적으로 과시하는 장면으로서 여행 가방에 대해 언급하고 있다. 그것은 풋볼이라 불리는 검은 가방인데, 다이얼 자물쇠가 달린 30파운드짜리 여행 가방이다. 거기에는 백악관과 영국 총리, 프랑스 대통령을 연결하는 직통 전화를 조작하기 위해, 필요한 번호가 적힌 서류, 더욱이 핵 보복 공격 작전의 다양한 유형에 따른 희생자 수를 계산한 만화가 삽입된 안내서까지 들어 있었다.

케네디 암살 후, 펜타곤 장군 중 한 명은 이 검은 가방의 의미에 대해 존슨 부통령이 아무것도 몰랐다는 사실에 극심한 공포를 느꼈다. 케네디 정권 아래서 소비에트의 핵 공격에 대한 보복 개시까지의 시간은 15분 단축되었다고 말하는 기록 작가에 따르면, 검은 가방이 공중에 떠 있는 시간에 무슨 일이 일어나면 어떻게 될 것인가 하고 테일러 합참의장이 공포심을 나타냈다고 한다.

이 책에서 시도한 노골적인 서스펜스 전략은 웃고 넘길 수는 있어도, 아마 실제로 그 사실을 반박할 수 있는 확실한 증거를 가진 사람은 핵 공화국에 있는 밀실의 소그룹 멤버 외에는 아무도 없다.

대장이 품고 있던 두려움은 정당한 것이었다. 만약 러시아가 1963년 11월 22일 오후에 DEW라인(북부 국경 레이더망)을 뚫고 공격을 가한다면 세계 최대 군사력이 그 운명적인 경계 예고 시간인 15분 사이에, 혹은 그 후에 두 번째 핵 공격을 당했을 때 완전히 기동력을 상실하게 될 것을 쉽게 예상할 수 있었다. (W. 맨체스터 『어느 대통령의 죽음』)

핵 시대의 상상력

이와 같이 모든 공화국 시대처럼 핵 공화국 시대도 전설로 가득 넘치는 시대이다. 그리고 핵 공화국의 폭군 암살이라는 역사의 흉흉하고도 예스러운 매듭 속에 숨어 있는 번데기 속의 빈곤한 암살자는 이렇게 호소하고 있지 않을까 생각했다. 만약 '핵 시대의 문학'이라는 것이 존재한다면, 몰개성의 시대에 문학이란 개인적인 작업을 고집하는 작가인 너도, 내 옆에 설 수밖에 없지 않은가, 라고 말이다.

그러나 핵 시대의 폭군 암살이 이 거대한 핵 질서 속에서 상황을 뒤집는 혼란을 일으킬 수 있었던 시간은 결코 길지 않았다. 다시 새롭게 대통령과 장군들, 특별 보좌관들이 그들의 질서를 회복하면 앞으로 예상되는 혼란에 대비하여 문세가 되었던 시간을 축소시키고 보다 구체적인 상황에 대비하려고 할 것이다.

생각컨대 핵 공화국의 진짜 왕은 핵무기 격납고에 왕좌를 마련해 두고 있으니, 핵 시대의 폭군 암살은 왕이 아닌 그 사제를 살해했을 뿐이다. 대통령의 흘린 피를 뒤집어썼지만, 이 무기화합물의 독재자는 분명 살아남아 민중의 정치적 상상력을 억누르는 거절의 벽과 같은 존재로 계속될 것이다.

실제로 핵 시대의 공포 그 근간에 있는 것과 그것에 저항하며 오늘날까지 인류가 살아남았다는 사실에서 핵이라는 최악의 괴물과 맞설 때, 어떻게 우리의 상상력이 유린당했는지 그 실태가 명백해지리라 생각한다.

몽테뉴의 이름이 적힌 책은 아니지만 (확실히 몽테뉴의 『레이먼 스본의 변호』를 읽은 것은 원서와 번역서를 비교한 메모가 남아 있는데) 한 구절의 글이 나의 내부에 파고든 것은 미국 작가와 일본 철학자를 통해서였다. 때문에 특별한 무게감이 느껴졌던 것을 먼저 이야기해 두고 싶다.

나는 인간과의 만남처럼 활자와의 만남에서도 특수한 시간과 장소의 제약이 있다는 사실을 인정한다. 『모비딕』의 시작 부분에서 나오는 공들여 완성한 문헌을 통해 처음 나는 이 한 구절과 만났다. 그것은 "아무튼 어떤 무엇이든지 짐승이나 배나, 이 괴물 고래의 무서운 턱에 뛰어드는 건 순식간에 사라지는데, 물고기들은 그곳을 더할 나위 없이 편안한 피난처로 여긴다"는 문장이었다. 이 문장은 성경의 『요나서』에 나오는 "여호와께서 이미 큰 물고기를 예비하사 요나를 삼키게 하셨음으로"라는 인용이 여전히 메아리치는 가운데 내 머릿속에 완전히 자리 잡았다.

그리고 나는 어느 몽테뉴 전문가인 문학자가 짧은 체류 예정이었지만 프랑스에서 16년간 남게 되었다는 글에서 다음과 같은 문장을 발견하고, 멜빌의 인용과 함께 내가 『레이먼 스본의 변호』에 사로잡히게 될 것을 예감한 것이다.

> 그래서 이렇게 어쩔 수 없이 파리에서의 생활과 공부가 시작되었고, 앞서 언급한 것처럼 내가 두려워한 것은 순식간에 현실이 되었다. 그러나 몽테뉴가 말하듯, 공포의 대상 그 자체 속에 들어가 버리면 오히려 공포와 불안이 사라지고, 때로는 그것이 다른 모습으로 바뀌어 더 구체적인 행동의 대상이 되며 다른 곳에 마음을 쓰게 된다. 지금 돌이켜보면 이러한 관조적인 태도를 불가능하게 하는 행동이야말로 파리가 나에게 준 가장 큰 변화였지만, 그렇다 해도 내게 상당히 고생스러운 일이었다. (모리 아리마사 森有正 『아득한 노트르담』)

멜빌이 집요하게 고래란 어떤 짐승인가를 증명하기 위한 '문헌'의 역할뿐 아니라, 이 괴물을 매개로 과거의 위협적이었던 기대한 폭력에 대해 생각하게 하는 유효한 비유였다.

지금, 물고기들의 피난처, 단적으로 말하면 무력한 자의 피난처로서 핵무기 주변을 상상할 수는 없다. 이른바 핵우산은 핵무장 체제를 마치 물고기들의 피난처로 가장하기 위해 고안된 속임수이며, 이 핵우산 피난처에서 쉬는 무력한 민중 그것도 핵 공화국 외부 세계에 사는 일본인은 두려워 떠는 자, 몰살당하는 자로서 한 마리 또는 두 마리의 고래의 높아져만 가는 위협 사이에서 살아가는 미끼와 같은 존재이다.

부서지는 인간

새롭게 우리와 동시대를 살아가는 철학자가 몽테뉴에게 숨을 불어넣어 그의 사상을 소생시킨 지점에서 말하자면, 핵 시대 공포의 대상 그 자체 속으로 들어가는 것은 불가능하고 그것을 확실히 주시하는 것은 우리에게 피하기 어려운 공포와 불안의 절대적인 벽에 머리를 부딪치는 행위일 뿐이다.

그것은 민중의 구체적인 행동의 도구가 될 수 없고 소수 절대 독재자들이 점유한 흉기이다. 그것은 세계 모든 인구수에 필적하는 용량을 갖추었고, 역사상 인류는 처음으로 끝없는 함정과 같은 이 종말의 광경을 구체화하는 힘을 개발한 것이다.

핵 공화국에 존재하는 폭력의 근간이 절대적으로 거대하여 그것에 대치하는 민중 한 명 한 명은 두려워 떠는 차, 몰살당하는 자로서의 육체를 의식할 수밖에 없다. 개인이 이 공포를 대상으로 아무리 근접해 가더라도 구체적으로 행동할 수 있는 길이 발견되지 않는다면, 바꿔 말해 우리가 과거 경험한 최악의 폭력을 구현한 독재자를 향해 다가가는 일이 어둡고 광활한 벽과 같은 상상력의 데드 앤드를 향해 뛰어가는 일이라면, 진정한 의미에서 핵 시대는 상상력을 고무시키는 시대가 아니다.

대통령에게 피투성이 죽음을 초래하고, 핵 체제에서 10분 또는 20분의 공백을 뚫은 빈곤한 암살자의 행위에 비견될 정도의 상상력의 해방도 진정 곤란하다. 그것을 세계 곳곳의 인간이 의식한다면, 지구는 인간도 짐승도 화석으로 변한 마을처럼 구제되기 힘든 어두운 침묵으로 가득 찰 것이다.

그때 세계 어떠한 장소에서도 한 명의 젊은이가 폭력 밖에서 폭력과 관련된 상상력을 행사하는 것의 의미에, 단적인 근거가 있다고 말해야만 한다. 동시에 그가 상상력에 의한 타자와의 연결고리를 하나하나 끊어 내고 홀로 폭력 현장을 향할 때, 그가 개인적 실존을 위한 피난소로 숨어들어 갈 수도 있는 법이다. 그는 자신의 피난소 안에서 부서지기 쉬운 개인을 다시금 인식한다. 폭력을 당하는 육체로서의 신경은 끝없이 곤두세워지며 인간적인 근원을 향해 북돋아진다. 그는 그 극한에서 말과 상상력을 부정하는 고함을 지르는 실존적 권리를 갖게 될 것이다.

그러나 동시에 그가 말과 상상력에 대해서, 스스로 그것들에서, 그의 실존과 관계된 유효성을 부여하는 결단을 내리는 일도 가능해진다. 적어도 그는 폭력을 당하는 육체로서의 의식을 추구하며 이제까지 그를 결박한 이미 존재했던 말, 상상력의 한계로부터 훌훌 벗고 자유로워진(또는 빠져나온) 부서지기 쉬운 존재인 것이다. 그가 새로운 말과 상상력을 선택할 자유도 또한 그의 것이 아닐까.

회복하는 인간

내가 폭력을 가하는 육체로서의 의식을 확실히 대면한 것
은, 첫아들이 머리에 돌출된, 육체의 어느 것인지 분간할 수
없는 혹을 달고 태어나 라탄 바구니에 뉘여 들리지 않는 울
음소리를 냈던, 숨 막히는 구급차 안에서의 일이었다.

갓난아기는 이 세계에 존재하는 모든 것으로부터 폭력을
당한 육체로 그곳에 누워 있는 듯했다. 그리고 나는 그저 그
연약하고 작은 개체 앞에서 그냥 가만히 앉아 있는 내가, 그
무구한 존재에게 폭력을 가하는 육체가 된 것은 아닌지 깊은
공포를 느꼈다.

아기는 태어난 자체만으로도 고통스러워하고, 아가미 호
흡을 하는 물고기 인간처럼 그 상태로는 세상에서 살아남을
수 없다고 판명된 이상, 나라는 인간이(아버지이기 전에 일반적
인 감각으로서의 인간이다), 이 세계에 실재하는 것 자체가 폭력
을 가하는 육체임에 분명하다는 의식을 깨닫게 된 것이다.

나는 가능한 죽은 인간처럼 가만히 호흡도 멈추고, 라탄
바구니에 누워 있는 폭력을 당한 육체로서의 존재에게 나의
흉흉한 호흡이 전달되지 않길 원했다.

이 퇴행 현상은, 내가 집으로 돌아와 혼자가 되자, 폭력을 가하는 육체이자 폭력을 당하는 육체인 나의, 내부에 파괴적인 장치를 가진 부서치기 쉬운 나의 현실 생활 속에서 그 세부에 가득 찬 곤란한 씨앗이 차례로 커져 오는 형태로 변하여 나를 퇴행의 새로운 단계로 밀어 올렸다.

나는 목을 매단 남자의 소묘를 꺼내 와서 그것을 오랫동안 바라보며 3색으로 인쇄된 그림의 여백에 다음과 같은 시를 적어 넣었다.

목을 매면
점잖아 보이는 시체가 된다,
나는 흉악한 모습을 한
시체가 되고 싶은 것이다.

그러나 일단 이렇게 써 내려가자, 이 네 줄이 항상 내 의식 가장자리를 차지한 활자 너머의 어둠으로 들어갔고, 그곳으로부터 이 네 줄의 시를 적은 인간은 자살을 바라는 것이 아니라는 확실한 분석 결과표를 얻고 돌아오게 되었다.

나는 나의 퇴행 현상이 더 이상 자라나는 것을 거부하고, 다음날 아침에 다시 병원으로 가서 부서치기 쉬운 인간인 나 자신과 아들에게 시작될 공동생활에 필요한 생존 절차를 처음 자발적으로 확인했다.

5. 작가에게 사회란 무엇인가

사회와의 관계

　나는 소설을 쓰는 인간으로서 나 자신을 선택하고자 했지만, 그러한 삶 그리고 사회와 관련된 의미에 대해 명료한 생각을 갖지 못했다. 그리고 또 내가 속해 있는 사회가 어떤 특수성을 갖고 있는 시대로서 시간의 축 앞에 위치하는지 계속 생각한 것도 아니었다. 오히려 나는 사회를 거부하는 청년에 가까웠다. 그리고 특히 현대 사회를 거부하는 쪽에 가까운 청년이었다.

　내가 소설을 쓰려고 할 때, 나는 사회를 외면하고 나의 내부에 잠재하는 어둠의 구덩이를 파고 들어가려고 했다. 또는 나 자신에게 적합한 내부를 구축하려고 했고, 의식화된 나를 초월하는 싹과 함께 어둠을 비축하려 했던 것이다. 이 어둠과 그 내부에 잠재된 실체를 분별할 수 없는 기괴한 착상은 처음부터 프로이트적인 것은 아니었다. 정신과 의사에 의해 밝은 곳으로 이끌려 나와 보면, 실체를 알 수 없는 것이나 기괴한 것도 아니었고, 그러한 존재가 단지 무의식의 어둠에만 의존해서 횡행하는 것은 무의미했다. 왜냐하면 나는 소설을 쓰는 행위로 그것들을 억지로 밝은 곳으로 끌어내야만 하고, 일단 밝은 곳으로 나왔을 때 움츠러드는 성질이라면 작가는 그것들을 한낮의 무기로 활용할 수 없기 때문이다.

나는 프로이트가 살바도르 달리Salvador Dalí의 그림에 흥미를 느끼지 못했다는 에피소드를 떠올려 본다. 이렇게 의식화된 무의식에서는 아무것도 발견할 수 없다고 말하며 흥미를 느끼지 못한 모양이지만, 오히려 달리의 그림은 무의식에 있는 무언가를 의식화하려고 하는 작업을 통해 만들어진 것이 아니었다. 그도 또한 의식적으로 그 내부에서 어둠의 구조를 대규모로 증축하기 위해 캔버스를 향한 것이다.

소설로 돌아가서 이야기하자면, 하얀 종이에 잉크 얼룩을 찍어 가며 작가는 그 내부의 어둠을 확장시키려고 한다. 그리고 마치 그 어둠에 자기 뿌리 같은 것이 있고, 지금 그것에 직접 연결된 말이 종이에 기록되기 때문에 글에 내부적인 긴장감이 존재한다는, 본말이 전도된 사고방식을 시도한다.

실제로 그것은 본말이 전도된 것조차 아닐지도 모른다. 흰 종이가 잉크로 얼룩져 갈 때, 이 펜 끝을 축으로 하여 작가 내부의 어둠과 전달되는 말은 같은 가치를 갖고 존재한다. 말이 공허하면 그 인간 내부의 어둠도 공허하다. 공허한 어둠이란 꿈을 꾸지 않는 잠처럼 아무것도 실재하지 않는 것과 마찬가지다.

학생 운동의 기억

암시적인 이야기지만 사실, 나는 사회를 기피하려고 하숙으로 돌아와 창문이 없는 셋방에서도 그 자체로 내가 전혀 괴롭지 않았던 것은 소설을 계속 쓰고 있었기 때문이었다. 나는 『자료 전후 학생 운동』(산이치쇼보)과 내가 대학생이었을 때, 셋방에 틀어박혀 소설을 쓰고 있었던 시기와 중첩된 부분에서 몇 구절인가 직접적으로 기억에 남는 사실과 문장을 발견했다. 예를 들어, 스나가와砂川의 뽕나무밭에서 바라본 해 질 녘이 떠오른다. 그러나 나는 나의 거의 첫 소설로 인쇄되었던, 개 도살 아르바이트 이야기를 쓰던 같은 시기에 혼고本郷 정문 앞이나 강의실 입구에서 받은 「오키나와를 지켜라! 전국 학생 제군, 2.1로!」라는 오키나와의 영구 원폭

기지화를 고발하는 도학련都学連 시위대의 전단지가 기억나지 않는다. 나는 침울하던 시기의 징검돌 사이 갈라진 틈의 깊이에 지금 거의 망연자실함을 느낀다.

나는 또한 내가 소설을 쓰고 있는 것을 타인에게 이야기할 생각은 없었다. 나는 그러한 습작들이 읽혀지는 것을 바라지 않았다. 그래서 대학신문에 응모한 것을 빼고 내가 쓴 단편 소설 몇 편인가와 하나의 장편 소설은 완성하자마자 곧장 파기했다. 내게 그것들 소설은 앞에서 말했듯이 나의 내부의 어둠을 구축하기 위한 작업 공구라고 할 만한 것이었다. 나는 한 작업을 끝낸 후, 완성된 소설을 허물어진 흙의 퇴적과도 같다고 느껴져서 그것을 파기하는 것에 어떠한 심리적 부담도 느끼지 않았다. 그리고 그것에 덧붙여 나는 어떤 소설을 쓰고 곧장 고쳐쓰기를 시작했고, 일단 고쳐 써 보면, 항상 그 작품은 새로운 어둠으로 깊이 파고 들어간다고 느껴졌기 때문에 "이것이 완성된 작품이다"라고 어느 시점에서 결단하고 인쇄할 수는 없었던 것이다.

소설과 현실

그 시절에 내게 소설이란 항상 무한정한indefini 존재였다. 그것은 다양한 의미에서 무한정한 것이었다. 비슷한 시기 불어 문법서인가에서 앙드레 지드Andre Gide가 젊은 작가를 향해 어떤 작품에는 그것이 쓰여야 할 시기가 있고, 일단 그것이 써진다면 그것은 즉 쓰여야만 할 유일한 때에 써지는 것이다, 라고 말했던 문장을 읽고 나는 작가란 그렇게 체념하는 사람이라고 느꼈다. 그것은 또한 내가 나 자신을, 작가 혹은 머지않아 작가라고 불릴 만한 인간으로부터 확실히 구별하고 싶어 했던 증거이기도 했다.

그렇다면 왜 소설을 쓰고 있었냐고 나에게 묻는다면 단적으로 말해, 앞서 언급한 대로 나의 내부에서 어둠을 확장할 목적이었다고 말하게 될 것이다.

구체적으로 그런 일이 가능할 것이라는 환기력을 갖춘 내면의 목소리는 내가 대학 강의실에서 배우던 외국어 그 자체로부터 발생했다. 실제로 내가 유년기를 보낸 시코쿠의 깊은 골짜기 마을을 떠난 이래, 그것은 첫 경험처럼 나의 내부에 있는 어둠 혹은 그 가능성을 흔드는 강한 긴장감과 심적 동요를 불러일으키며 가속화된 기세로 읽히기 시작한 외국어로부터 받아들인 것이었다. 그것은 곧 자기 말로 그것에 대응하는 세계에 내재하는 것들을 확보하라! 라고 나를 몰아세웠다. 그것은 번역하라! 라는 요구가 아니었다. 나는 오히려 번역을 언어에 대한 일종의 사형 집행과 같이 느끼고 있던 것이다. 나는 외국어 단어와 그 의미들 사이에 발생하는 긴장된 자기장에 순간적이고 입체적인 상호 관계의 다이너미 즘으로 생생한 고양감을 맛보았다. 이 고양감은 나의 내부에 존재하는 어둠과 관련지어 나의 말로 다시 새롭게 표현하고 싶다는 방향으로 가닥을 잡아갔다.

따라서 더욱 나는 사회와 동떨어진 곳에서 소설을 쓸 동기를 부여받아, 시대를 등지고 소설을 썼다고 말할 수밖에 없을 것이다. 영어와 프랑스어, 그리고 일본어의 삼각형 구도에서 나 자신을 고정시켜 그곳에 어두운 굴을 파고 들어가는 것이 나의 작업이던 것이다. 게다가 더욱 나는 망연히 그 굴을 뚫어 가다 보면 건너편에는 사회가 실재하고 있다고 생각했다. 때문에 나는 광기에 이르는 고독의 구덩이를 파는 것이 아니라, 터널을 뚫어 사회에 도달하려고 생각하고 있었던 것이다. 그리고 그 사회란 현대를 지칭하는 것이고 진짜 현대 사회일 것이라고 남몰래 믿고 있었다.

그것은 어떠한 이유에 근거한 것이었을까? 분명 그것은 소설을 쓰는 일이 오직 말을 통한 작업이라는 사실 자체와 관련이 있다. 내가 외국어 사이의 역학 관계를 통해 느끼거나 활자 너머의 어둠에 실재하는 것들을 발굴하면서, 나의 상상력에 활성화 작용을 부여한 버팀목은 역시 현대 사회였던 것이 분명하다.

첫 소설을 발표하고

머지않아 나는 소설을 발표하기 시작하면서 가장 구체적인 의미에서의 사회와 만났다. 그것이 현대 사회인 것은 분명했지만, 나는 반복해서 외국어 사이에서의 구조적 저항력과 마주하거나 때로는 고무되어, 고독한 창문이 없는 방에서 응시했던 현대 사회보다 더 명확한 실체로서 접한 것은 아니었다. 그러나 나는 이 사회에서 소설을 쓰는 인간으로서 존재하기로 선택했고 십몇 년을 살아왔다. 또 나는 그러한 인간으로서 살아갈 수밖에 없을 것이다.

나는 냉소적cynic이란 말을 견적犬的이라고 번역한 소설가 모리 오가이森鴎外의 역동성에 매우 끌렸다. 냉소적으로 말하려는 것이 아니라, 지난 십몇 년 소설을 쓰는 생활에서 나의 육체와 의식에서 일종의 물리적인 변형이 일어났다는 것을 인정해야만 했다. 동물도감의 설명은 개와 고양이를 비교할 때 고양이한테는 기능상의 다양성이 적기 때문에 개와 같이 다양한 구조적 변화가 일어나지 않았다고 말한다. 개보다 인간에게 기능상의 필요를 토대로 한 구조적 변화가 더욱 심하게 나타나는 것을 이미 나는 경험으로 알고 있었다.

나는 거울 앞에 서 있는 벗은 나의 육체가 민첩한 행동에 맞지 않은 진흙 구조체와 같은 상태로 되어 있다는 사실을 발견한다. "너는 그러한 육체를 마주하며 살아남은 것에 불과하다"라고 거울 속에서 살찌고 추레한 얼굴이 원한에 찬 표정으로 그 앞에 선 나에게 외친다. 게다가 나는 그 육체를 고집하지 않을 수 없는 것이다.

어떤 직업의 인간이 왼팔을 찬찬히 응시하면서 그것을 관찰하고, 그것에 대해 초점이 불분명하고 흩어질 애매모호한 몽상에 잠겨 몇 시간을 보낼 수 있을까. 나는 그러한 오전과 오후를 보낸 후, 한밤중에 책상에 앉아 짧은 노트를 쓴다. 그것은 노트를 쓰고 있는 그 장소, 그 시간의 내게는 마치 절단된 하나의 팔과 같이 어떤 유기적인 관련성도 없을 뿐 아니라, 앞으로 그 노트가 어떠한 전개로 나타날지 오리무중이다. 그리고 나는 구체적인 무엇인가를 생산하는 듯이 분명 인간적인 근원과 이어진 심리적인 고양감에 의지하여 노트를 쓴다. 그것은 그대로 구체적으로 말하자면(이 경우에 추상적으로 말하는 것은 불가능하기 때문에) 드럼통에 직경 20센티의 구멍을 내고 거기에 왼팔을 넣고, 자유로운 오른팔로는 기름을 쏟아부어서 점화시켜 태운다고 하는 노트이다. 나는 이런 쓸데없는 잉크 자국으로 얼룩진 노트를 마치 그것이 나의 내부의, 혹은 내부에 있다고 가정하는 어둠을 향한 실마리라고 생각하며 책상 서랍에 넣어 둔다.

머지않아 나의 대학 동급생들이 대형 컴퓨터 옆에 서서 자신이 만든 프로그램을 검토하고, 구조적으로 이 세계 전체가 이런 시스템을 선택하는 시대가 된다고 해도, 나는 변함없이 잉크 자국을 남긴 여러 장의 카드를 만지작거리고는 끝없는 공상에 빠져 있을 것이 분명하다. 컴퓨터 기사가 나를 향해 "당신도 이제 이 세계의 전체 시스템에서 또 하나의 근본적인 선택을 하게 되는 것이 아닐까요?"라는 조롱이 섞인 말을 한 귀로 흘리는 노력을 지속하면서!

이제 이야기하려는 것을 다시 확인한 셈이 되지만, 즉 앞에서 언급한 것처럼 의식의 변형과 함께 소설을 쓰는 인간으로서 생활하게 된 것이다. 나는 여러 의미에서 거의 멍하니 시간을 보냈고 어떤 문제가 그러한 배경과 모태로부터 완전히 벗겨지지 않은 부분, 단적으로 말해서 (이 경우도 단적이라고 말하는 것은 불가능하지만), 대체 무엇인지 영문을 알 수 없는 것만을 믿을 만한 실마리로 해서 나의 작가로서의 의식적 기능을 전개하기 시작했다. 당연히 그것은 헛수고인 경우가 자주 있었다. 오히려 이런 작업이 순조롭게 전개되면 될수록 그것이야말로 헛수고일지도 모른다.

더욱이 소설을 쓰는 인간으로서 나의 의식적 상태는 이른바 끝없이 무거운 짐을 겹겹이 쌓아 가는 판단 보류의 반복으로 이루어졌다고도 말할 수 있을 것이다. 어느 날인가 나의 아이는 두 가지 재킷 중에서 하나를 선택해야만 했다. 아이는 자기가 좋아하는 어두운 한쪽 구석에 들어갔다가 한 시간이나 지난 후에 걸어 나왔는데, 눈물과 수치심으로 얼룩진 매우 애처로운 얼굴로 양쪽 팔에 각각 다른 재킷을 걸치고는 어찌할 바를 몰라 했다.

나는 이것이 소설을 쓰는 인간으로서 내가 가진 의식의 모양이라고 직감했다. 매우 애매모호하거나 비논리적이라기보다, 논리가 전혀 개입되지 않은 직감이었다. 이렇게 서술하면 나는 하나의 알레고리를 말한 것과 같다. 즉 내가 그날 느끼고 생각한 것을 충분히 전달하기 위해서는 아이의 육체 전부와 재킷 디자인 그리고 옷의 촉감에 대해서 영원히 써 내려감으로써 알레고리의 흡인력이 닿지 않는 곳까지 도망치거나 뚫고 나올 필요가 있다. 이것이 바로 소설가가 하는 일의 내용 그 자체라고 할 수 있을 것이다.

다원적 세계관

그러나 소설가의 의식이 사물을 파악하고 말을 쌓아 가며 표현하는 일에 있어서(그것은 이와 같은 순서대로 이루어지는 것이 아니라 전부 동시에 구체화되지만), 무엇이든 흡수해서 써 내려간다는 설명도 결국 일종의 비유가 될 수밖에 없다. 무엇이든 흡수한다는 것은 불가능하다. 우선 소설을 쓰는 인간의 시야는 좁고 한정되어 있다. 그것은 또한 완전히 일원적이다. 소설가는 마치 어둠에서 자기 머리 앞부분에 착용한 광부의 헤드램프가 비추는 밝은 부분밖에 볼 수 없다.

이러한 한계를 역행하여 다양한 작가들의 시도가 이루어져 왔다. 다각적으로 사물을 보는 것처럼, 혹은 더욱 한계를 뛰어넘어 소설가의 의식이 마치 동시적으로 다양한 장소에서 편재할 수 있다는 듯이 말이다. 이것은 특히 지금은 미국의 기록물 작가들에 의해서만 살아남은 방법이지만, 많은 조사원을 파견해서 그들이 가지고 돌아온 부분을 구성하는 형태로, 작가들은 단순한 구조의 의식 세계를 복잡한 외부 세계를 향하여 밀어 올리려고 끝없이 시도해 온 것이었다.

그러나 소설을 쓰는 자의 시도가 복잡해질수록 결국, 그의 말이 제시하려는 부분의 다원적 성격은 거짓의 다원적 성격이 될 수밖에 없는 것은 분명하다. 나는 텔레비전 극화의 닌자忍者의 노력에 대해 생각할 수밖에 없다. 그 닌자는 그 자신이 동시적으로 무수하게 실재한다고 느끼게 하는 기술을 갖추고 있다. 그러나 그를 습격하는 자는 그 무수한 환영들 중 하나를 공격하면 된다. 하나의 환영이 쓰러지면 동시에 모든 환영이 쓰러진다.

소설을 쓰는 자가 나타내려고 하는, 일단은 다원적인 성격을 갖춘 구조도 그 돌출된 부분이나 구덩이와 같은 부분을 꿰뚫어 보면 작가의 본질이 금방 탄로가 난다. 왜냐하면 서로 대립하는 것처럼 보이는 두 가지, 또는 두 가지 이상의 요소는 모두 작가의 의식에서 발하는 빛을 받아 도입된 것이고, 결국은 작가의 의식을 끝까지 넘지 못하고 벽에 부딪힌 요소는 그곳에 실재할 수 없기 때문이다.

그렇다면 또한 작가가 그의 소설 안에서 거짓으로 다원적 성격을 이끌어 가려고 계속 노력하는 본질적인 이유는 무엇일까? 그것은 작가가 그의 경험에서 한 시대를, 즉 그 내부의 어둠에서 발견한 사회를 가령 그것이 가짜 다원적 성격이라고 해도, 어떻게든 전체적인 구조를 갖춘 것으로 나타내고 싶어 하기 때문이다. 한 명의 작가는 다음과 같이 다원적인 수많은 초점을 가진 눈과 의식이 마치 실재하고 있다는 듯이 쓰기 시작한다.

사르트르의 『집행 유예』

베를린 16시 30분, 런던 15시 30분. 언덕 위에 인기 없는 엄숙한 호텔이 한 노인을 안에 두고 번듯하게 서 있었다. 앙굴렘Angou-lême에서도 마르세유Marseille에서도 겐트Gent에서도 도버Do-ver에서도 그들은 생각했다. "무엇을 하고 있는 것이지? 세 시간도 더 지났는데. 왜 내려오지 않지?" 그는 창문을 반쯤 열어 두고 응접실에 앉아 짙은 눈썹 아래로 한 곳을 응시하고, 조금 입을 벌려 아득한 옛 기억을 떠올리는 듯했다. 그는 더 이상 읽지 않았다.
서류를 쥔 채로 반점이 있는 노인의 손이 무릎 언저리에 축 늘어
져 있었다. 그는 호레이스 윌슨을 향해 "몇 시지?"라고 물었다.
호레이스 윌슨은 "4시 반 정도 되겠죠."라고 답했다. 노인은 크게
눈을 뜨고 사람 좋은 미소를 지으며 "정말 덥네."라고 말했다. 새
빨간 불꽃이 떨어지는 번쩍번쩍 빛나는 광경이 전 유럽을 뒤덮고
있었다. 사람들은 손에서, 눈에서, 기관지에서 더위를 느끼고 있
었다. 더위, 먼지, 고뇌에 지겨워하면서 그들은 기다리고 있었다.

(『집행 유예』 진분쇼인)

다원적인 형태가 부여된 이 글이 이것을 읽으려는 자에게
그의 상상력과 현실 생활이 서로 포개진 경험의 현장에 실재
하도록 보여 주는 것은 무엇인가? 뮌헨 회담이 있었던 시대
의 상세한 시각표나, 세계적인 규모를 나타내는 사회 조감도
가 아니다. 그것은 현실적인 감각으로 느낄 수 있는 실체로
이들 문장이 떠받치고 있지 않다.

이곳에는 뮌헨 회담을 초점으로 역사적인 한 시대를 그 종
합적인 총체의 미세 단위로 살았던 한 작가가, 다시금 그 시
대에 대해 종합적인 전망을 하며 살았다면 어떨까, 라고 생
각한 하나의 현장, 바로 책상에 앉은 뒷모습만이 현실감을
갖고 실재하는 것이다.

그 뒷모습을 보이는 남자는 신과 같이 모든 것을 다면적으

로 끌어올려 볼 수 없고, 미래를 모두 알고 있는 눈을 소유한 인간도 아니며, 또한 시간을 넘는 인식을 가진 만능 괴물도 아닐 뿐 아니라, 뮌헨 회담이 이루어진 며칠을 거의 어떤 유효한 예견도 하지 못한, 헤드램프가 비춘 좁은 부분만을 보고 있던 가련하고 무력한 한 인간에 불과하다.

사르트르는 그렇게 한 명의 부서지는 육체를 가진 인간으로서 자기 자신을, 오다 마코토小田実의 말을 인용하면 마치 등신대 인형처럼 그대로 보여 준다. 우리는 그의 육체와 의식을 통과한 사회, 즉 그의 경험 속의 현대 사회에 정면으로 마주하게 된다. 사르트르는 그렇게 다시금 프랑수아 모리아크 Francois Mauriac가 비판했던 부분이었던 사물의 사고방식을 구체화한 것이다.

지금 언급한 부분을 사르트르=작가로부터가 아니라, 나=독자로부터 다시 이해한다면 사정은 더욱 명료해질 것이다. 나는 사르트르 자신의 프랑스어 또는 번역에 의한 일본어를 인쇄한 활자 앞에 있다. 나는 이 활자 너머의 어둠에 실재하는 것으로서 무엇을 받아들일 것인가? 나는 뮌헨 회담의 과정이나 세세한 시각표에 따라 앙굴렘에서, 마르세유에서, 겐트에서, 도버에서, 불안과 함께 지켜보는 민중에 대해 파악하지 않는다. 나치 독일이나 체코슬로바키아 정치가들의 협박과 선택의 현장에 서려고 하는 것도 아니다.

나는 한 작가가 이 역사적 사건을 어떻게 사회적인 규모로 경험하는가, 라는 문제에 초점을 두고, 작가가 그 경험한 것을 동시적으로 경험하려고 하는 것이다. 활자 너머의 어둠에는 불안하게 기다리고, 사람 좋은 미소를 짓고, 더위를 느끼는, 한 인간이 앉아 있다. 그리고 점차 나 또한 불안하게 기다리면서 사람 좋은 미소를 짓고 더위를 느낀다. 나는 경험하기 시작한다….

『집행 유예』를 예로 들 때, 사르트르가 역사가로서 그 일을 하는 것이 아니라는 것은 당연하지만, 민속학자가 발견해낸 역사적인 것과 민속학적인 것이 포개지는 부분에서 인간의 의식에 따라 작업을 하고 있다고 할 수 있을 것이다. 내가 태어난 깊은 숲 골짜기에서 과거 몇 번인가 일어났던 봉기에 대해 항상 동시적으로 이야기할 수 있었던 노파도 같은 종류의 작업을 하고 있었다. 한번 노파가 이야기를 시작하면 모든 봉기는 하나의 영웅 또는 난폭한 무뢰한을 통해 마치 그 남자가 노파의 옆에 존재하는 듯이 과거를 현재로 만들어 골짜기 세계에 펼쳐졌고 아이들은 그 모든 이야기를 새로운 경이로움과 함께 경험했다. 그것은 골짜기의 집단적 상상력이 지탱해 온 커뮤니케이션이라고 해야 할 것이다.

골짜기에서 집단적 상상력이 소멸하자, 모든 봉기도 또한 현실적인 존재로서 재현될 가능성도 소멸되었다. 빈약한 개인적 상상력이 남긴 문서가 먼지 속에서 발견되어도 다시 골짜기의 다음 세대에게 그것을 경험하게 하지는 못한다. 지역 축제보다도 한 해의 마지막 날에 방송되는 텔레비전 가요 축제 방송이 골짜기 마을 사람들에게도 공생감을 전해 주는 지금, 한번 소멸한 집단적 상상력의 재생은 불가능할지도 모른다.

사르트르는 세계의 결정적 선택이었던, 뮌헨 회담의 기억을 전 유럽 규모에서 집단적 상상력의 모태로서 소생시키려고 시도한 것이다. 숲속 골짜기 규모에서 소생시켰던 봉기 이야기처럼 말이다. 그러나 전 유럽 규모의 집단적 상상력이라는 큰 구상은, 결국 결실을 맺지 못했다고 해야만 할 것이다. 따라서 우리들이 그에게 각인된 활자 너머의 어둠에서 발견하게 되는 것, 그리고 동시적인 경험의 때를 함께 하는 것은, 더위에 고뇌하는 전 유럽의 민중이 아니라 한 명의 지식인으로서의 사르트르 개인이다. 우리들은 일개 작가의 육체와 의식을 통과하여 사회라는 출구에 도달할 뿐이다. 그러나 그것은 사르트르의 불명예가 되지는 않는다. 거인의 시대는 끝났다. 어떠한 시대의 거인이라도 민중의 집단적 상상력에 의지하여 살아남아 왔다. 오늘날 오직 평균적인 신체를 가진 인간만이 남아 상상력 속에서도 거인이 살아남을 수 없는 시대에는, 전 세계를 덮은 핵무기만이 거인과 같이 실재하여 인류의 집단적 상상력을 비참한 공포심으로 변화시켜 실재하고 있지 않은가.

작가가 그 의식이 좁고 한정되었다는 사실을 확실히 인정하여 그 시점을 한정시키고, 시야가 확산되지 않도록 노력하는 일도 있다. 그것은 우리들의 시대에서 작가들이 시도하고 있는 하나의 경향이다. 그것은 한 작가의 눈으로는 판단할 수 없는 부분까지 다면적으로 쓰는 것을 결벽증처럼 거부하고, 엄격하게 고정된 시점 이외에 외부 시점으로 생각하는 것조차 거부하게 되었다.

인간이 어두운 밤에 어둠을 등지고 빛으로 들어가려고 한다. 그때, 그가 배후에 의식하지 않을 수 없는, 공포의 덩어리와 같은 것, 그것을 한 작가가 눈앞의 빛으로 가득한 세계와 똑같이 확실히 관찰할 수 있는 눈의 기능을 소유한 것처럼 그려 낸다면, 금세 극복하기 어려운 공포의 덩어리는 소멸하고 말 것이다. 그것은 문학 세계를 빈곤하게 하는 방향으로 작용한다. 그러나 작가가 눈이 달린 머리를 어깨 위에 올려놓고 돌아다니는 동물이라는 사실조차 망각하게 하는 치밀함은 어떤 결실을 가져왔을까.

알랭 로브그리예의 『누보로망을 위하여』

> 커피포트가 테이블 위에 있다. 다리가 네 개 있는 원형 테이블로 모호한 바탕색, 아마 옛날에는 상아색—아니면 백색—이었을 노란빛이 도는 화이트 바탕색에, 레드와 그레이 격자무늬의 가공된 천이 덮여 있다. 중앙에 네모난 도자기 판이 접시받침 대신 사용되고 있다. 그 모양은 커피포트가 놓여 있어서 완전히 숨겨져 있다고나 할까, 적어도 판별할 수 없게 되어 있다. (『누보로망을 위하여』 신쵸샤)

알랭 로브그리예Alain Robbe-Grillet의 글을 읽는 한, 우선 우리들은 활자 너머의 어둠 속에 작가가 가만히 주저앉는 것을 발견하지 않아도 된다는 감각을 받아들일 수 있다. 애당초 활자 너머의 어둠은 없다. 그곳은 밝고 빛나며, 눈앞에 보이는 그곳에는 커피포트가 테이블 위에 놓여 있는 광경, 그 테이블의 다리가 네 개라는 사실 말고는 아무것도 없다고 일단 느낄 수 있다. 마치 로브그리예의 육체만이 아니라 의식까지 삭제된 듯하다.

정확히 말하면, 시선은 남아 있다고 생각해도 눈과 머리의 내용물이 삭제된 후에 남은 시선은, '이상한 나라의 앨리스' 앞에서 고양이가 사라진 뒤에 입이 찢어진 고양이의 기이한 미소만 남은 상황과 견줄 만한 것이다.

단 하나의 단면에 한정된 시선을 통해 기능하던, 작가의 의식도 또한 삭제된 스냅숏을 인쇄된 종이 위에 남긴 채, 괴인 로브그리예는 완전범죄를 완수하여 모든 증거를 인멸하고 떠나 버린 것은 아닐까? 남겨진 우리들은 이 한 구절을 반복해서 읽을 때, 우리 내부에서 일어나는 긴장감은 높아만 간다. 그리고 기묘한 이야기이지만, 나의 개인적인 경험을 솔직히 말하자면, 나는 커피포트와 테이블 사이에서 하나의 사건이 발생하는 장면과 마주하게 될 것이라 느끼는, 서스펜스의 포로가 된 나를 발견하게 된다.

로브그리예의 전략은 적어도 나를 그 그물에 포획하는 일에 성공하며 효과를 충분히 발휘했다고 할 수 있다. 그는 우리에게 다음과 같이 이야기하는 작가이기 때문이다.

오늘날 작가는 독자를 등한시하기는커녕 적극적이고 의식적으로 창조적인 협력을 절대 필요로 한다고 공언한다. 작가는 독자에게 더 이상 충실히 완성된 폐쇄적인 세계를 수용하기를 바라지 않고, 그것과 반대로 스스로 창조에 참여하는 일, 자기 손으로 작품과 세계를 만들어 내는 일을 통해 스스로 인생을 만들어 가는 방법을 배우기를 바란다.

무엇보다도 로브그리예의 의식 세계와 완전히 분리된 사물이 활자 너머에서 현전現前하는 감각은 앞에서 보여 주듯이 일단 명확하지는 않다. 우리들은 역시 로브그리예의 의식이 제시한 것과 만나는 것이고, 로브그리예의 의식이 우리들에게 침투하는 힘은 사르트르보다 더 방심할 수 없는 것이라고 할 수 있다. 그 증거를 단적으로 제시해 보겠다. 만약 로브그리예를 한 시간 읽고 나서 주변을 둘러보면, 곧 자신의 눈이 로브그리예처럼 투명하고 사리사욕이 없는 시선으로 사물을 보고 있다는 사실을 깨닫게 될 것이다. 그런데 그것은 실제로 투명하지도 사리사욕이 없는 것도 아닌, 로브그리예로부터 영향을 받은 시선과 의식에서 자유롭게 해방되지 못한 현상에 불과하다.

이러한 로브그리예가 가진 시선의 숨겨진 의미를 더욱 자유롭게 활용하여 거의 전 세계를 뒤덮는 거대한 시선으로 사물을 지켜보는 시점을, 작가의 의식 속에서 이끌어 가는 새로운 세대가 출현한다. 이것도 문학의 역사적 흐름에 있어서 자연스러운 전개라 할 수 있을 것이다.

르 클레지오의 『대홍수』

첫눈이 내렸다. 바람에 내몰리면서도 산줄기를 따라 겨우 지평선에 매달린 검고 무거운 구름 떼가 있었다. 모든 것은 거무스름하고, 물체는 아직 남아 있는 희미한 빛을 흩뜨리며, 철실로 엮은

속옷이나 얇은 철 조각 따위와 같은 비늘이 가지런히 덮여 있었다. 빛의 근원 그 자체인 다른 물체는 확실하지 않지만, 근접해 오는 비정상적인 사건에 압도되어, 이윽고 투쟁해야 하는 적과 같은 것과의 대비 속에서 우스꽝스러운 모습으로 비실거리며 괴로운 듯이 번쩍이기 시작했다. 움직임은 조금씩 상태가 나빠지고 있었다. 그 강도와 형식은 약해지는 것이 아니라 대지가 1인치씩 좀먹고, 부패시키고, 내부에 번져 일찍이 다양하게 확립되어 있던 조화를 파괴했고, 물질의 핵심에 스며들어 생명의 기원까지 무력하게 만들어, 영속적이고 간헐적인 고정화와 전체적인 중단을 늦추기 위해 소모되어 버렸기 때문이었다. 종이처럼 얇고 섬세한 그림자는 풍경을 가리고 무수한 빛무리를 만들어 빛의 힘을 기이하게 강화했고, 부서진 탱크로리의 유리 파편은 마치 태양을 세 개로 합친 것과 같은 강렬함으로 인접한 무한의 공간에서 100광년의 빛을 반사하는 듯했다. (『대홍수』가와데쇼보)

『대홍수』에서 보여 주는 르 클레지오Le Clezio의 초대로 우리들은 로브그리예와 함께 틀어박혔던 실내에서 밖으로 나올 수 있게 된다. 그리고 폐쇄적인 세계의 형태를 수용하는 대신에 공포가 고조된 긴장감으로 세계를 바라보고, 자기 의식 속에 일찍이 없었던 새로운 세계를 관찰할 수 있게 되었다고, 아직 실내에 머물러 아쉬워하는 로브그리예에게 외칠 수 있게 된다.

그러나 클레지오의 첫 작품에서 새로운 세계란 기이할 정도로 명석한 관찰력을 통한 자기 유폐를 거듭하는 청년이 외부로부터 온(사회로부터 온) 자에게 인사와도 같은 질문을 던지는데, "핵전쟁은 아직 일어나지 않았을까요?"라는 말이 암시하듯 핵전쟁이 일어날 수 있는 종말론적 광경이 전개되는 신세계이다. 즉 여기서는 20세기 후반의 우리에게 주어진 새로운 삶의 모델을 만들어 낼 방법까지도 배우게 한다.

내가 불문학과 교실에서 새로운 말을 배우기 시작하고 결국 소설을 쓰는 인간이 되기를 선택했고, 프랑스어 세계에서 나를 사로잡은 첫 작가였던 사르트르가 핵무기의 종말론적 상황의 출현을 기록한 첫 에세이의 필자라는 점을 생각하면, 지금 르 클레지오에게도 핵전쟁의 종말 가능성을 발견하고 그를 나와 같은 동시대 작가로 확인할 수 있는 것도 결코 우연이 아니라고 생각한다.

한 명의 작가로서 나도 나의 의식을 마치 다원적인 성격을 가진 매우 복잡한 구조체인 것처럼 확장하거나, 혹은 그것을 한 줄기 광선처럼 한정시키는 시도를 통해 혼란을 거듭하면서, 결국 핵 시대의 묵시록으로 이어진 곳으로 나가야만 한다고 생각한다.

또한 그것은 나의 심연에서 가장 어둡고, 가장 깊은 곳에 있는 핵 시대의 묵시록과도 같은 것을 구축하고자 함이다. 그리고 오늘날의 작가 내부에 존재하는 사회에 대해 말하려면, 그것은 앞에서 말한 바와 같이 심연에 뿌리내린 것이 되어야 하며, 그것 이외의 다른 어떤 것도 의미가 없다고 자각하지 않고는 달리 방법이 없다.

정치와 문학

나는 작가로 출발한 후에 사회 내 존재로서 작가는 어떠한 의미가 있을까, 라는 질문을 지난 십여 년 동안 되풀이해서 스스로에게 던져 왔다. 그리고 지금, 나는 여태껏 그 어느 때보다도 이 질문에 대해 의기소침한 나를 발견하고 있다는 것을 솔직히 말하고자 한다. 내가 사회를 향해 한 걸음 나아가면 금세 타인의 목소리가 "너는 무엇인가?"라고 묻는다. 나는 "소설을 쓰는 인간이다."라고 답한다. 다음은 "너는 어떤 소설을 쓰는가?"라는 질문이 절대 아니다. 두 번째 질문은 "그래서 너는 어떤 행동을 하는가?"라는 초조한 기색의 목소리임이 분명하다.

이러한 질문은 이미 '정치와 문학'이란 명제로부터 거리가 멀거나 혹은 그것을 뛰어넘었다. 실제로 "'정치와 문학'이란 말 따위 관심 없다."라고 상대는 말했을지도 모른다. "문학이 왜 필요한가?"라는 질문이 당면한 명제인 것이다. 실질적으로 소설 쓰는 인간은 실제 행동에서 얼마나 유효한 구성원이 될 수 있을까, 거의 무위도식에 불과한 일이 아닌가, 라는 명확히 부정적인 색채가 씌워진 질문이 작가를 향해 던져진다. 나는 작가로서 가진 내부의 어둠에서 이 부정적인 질문의 돌팔매질을 그대로 받아들이려고 한다. 상대가 파괴하려는 것을 끝까지 지켜보고, 다시 내부의 어둠에 존재하는 구조물을 재구축하기를 원한다. 당연히 이 질문은 대학을 봉쇄한 바리케이드 안에서만 들리는 소리가 아니다. 컴퓨터를 관리하는 방에 앉아 있는 자들의 질문이다. 그것은 사회주의 국가로부터 들려오는 소리일 뿐 아니라, '새로운 산업 국가'에서도 얼마간 역설적인 표현으로 전달되는 소리이다.

또한 그것은 작가 자신에 의한, 자기 내부의 어둠을 향해 던지는 질문이 되어야만 한다. 왜냐하면 작가는 말과의 관계성을 통해서만 작업을 진행할 수 있는 존재라서, 비문학적이거나 반문학적인, 문학과 관련이 없는 어떠한 말이라노 결코 무관할 수 없기 때문이다. 사실, 일단 문학의 영역에 틀어박혀 사육된 말은, 작가에 의한 상상력의 활성화 작용이란 기능이 가장 쇠약한 말이 되는 경우가 자주 발생한다.

다시 말할 것도 없지만, 사회 내부의 작가라는 말은 사회에서 용인되어 그곳에서 받아들여진 작가를 의미하지 않는다. 세계 내 존재를 따르는, 사회 내 존재로서의 작가라고 바꾸어 말하는 것에 더욱 타당한 의미가 있을 것이다. 또한 앞서 언급한 '정치와 문학'이란 문제의 구조에서 벗어나, 혹은 그것을 넘어서 이야기하고자 하는 보류 조건을 붙여 두는 편이 타당할 것이다. 그것은 '정치와 문학'이란 과제가 최종적으로 해결되었다는 사실을 의미하지 않기 때문이다. 이 명제는 미해결인 채로 곁에 방치되어 당분간 먼지가 쌓이게 될 것이라고 말할 수 있을 뿐이다. '정치와 문학'이란 명제 따위에 관심이 없다는 강한 거부의 목소리는 문학과는 관계가 없는 곳으로부터 들려오는 것이기 때문에 작가에게 주어진 문학의 문제로서는 참으로 예리하고 강인한 상상력의 활성화 작용을 불러일으키는 것으로 인식하게 된다.

왜냐하면 지금까지 작가는 '정치와 문학'이라는 명제에 대해 생각한 끝에 지쳐서 일시적으로 결론을 내리거나 혹은 모두 붕괴한 직후에 되돌리려고 하는 형태로 싫증 내지 않고 이 논리의 게임을 지속하여 왔고, 일단 작가를 사회 내 존재로서 인정하는 암묵적인 동의로 성립되어 온 존재이기 때문이다. '정치와 문학'이란 명제가 활발히 논의되었던 영역에서는 작가에게 사회 내 존재로서의 높은 평가가 부여되기도 했다.

나는 내가 소설을 쓰는 인간으로서 방문했던 많은 나라를 떠올린다. 특히 사회주의 국가들을 여행했을 때의 미묘한 위화감을 (그것은 압도적인 평온함과 동시에 일어나는 기묘한 감각이었다) 계속 낫지 않는 습진처럼 애처로운 고통을 수반하는 기억이다. 중국의 작가들과의 교류 자리는 내게 참으로 풍요로운 인간적 희락으로 가득한 시간이었지만, 동시에 반복적으로 나는 생각했다. 이곳에 모인 중국과 일본의 작가들은 분명 거대한 권력으로부터 특별 허가증을 받아 이와 같은 이례적인 즐거움을 맛보고 있다는 사실을 말이다. 언제든 그 특별 허가증은 빼앗길 수 있다는 절반의 두려움과 절반의 기대가 교차하는 막막한 예감을 품고 있었다.

더욱이 거대한 권력 자체가 모습을 드러낼 필요 없이, 혹시나 그 자리의 참석자 중 하나가 일어나서 "문학이 왜 필요하냐, 이 식충이들아!"라고 외친다면 금방 교류 자리는 와해하고, 꿈에서 깬 가련한 자들이 드러눕거나 주저앉아 있는 황폐한 공간이 될 것이라고, 베이징과 상하이의 교류 자리에서 몽상하기도 했다. 문화대혁명이 남낭한 역할에는 이 몽상의 현실화와 비슷한 측면을 내포하고 있다. 실제로 내가 몇 번인가 중국풍 원탁에서 교류한 중국 작가들의 자살, 혹은 완전한 침묵이 전해지곤 했다.

여기서 다시 돌아가서 이야기하면, 문학의 자율성을 부정하거나 엄격하게 한정된 의미에서 '정치와 문학'이란 명제를 해결하겠다는 태도가 오히려 작가들이 특별 허가증을 부여받았던 이유가 되었다고 해야 할 것이다. 만약, 자살했다고 전해진 작가 라오서老舍의 죽음이 사실이라면, 뛰어난 문인이었던 그는 아마도 재차 추궁당한 문학이 왜 필요한가, 라는 질문에 답하여 위엄과 함께 죽음을 선택한 것이리라. 또한 자오수리趙樹理도 그 농민적 성향의 성실함을 걸고 새 특별 허가증을 거부하려고 침묵을 선택했을 것이다.

문화대혁명의 결정적인 혼란, 그리고 '정치와 문학'을 넘어서 작가들이 문학 그 자체를 향해 정면에서 답하려고 할 때, 사회주의 국가에서 문학이라는 궁극의 명제가 새로운 국면을 맞이하게 한 것은 확실하다. 문화대혁명은 완전히 정치적인 영위이지만, 그러한 국면을 앞으로 어떻게 살릴 것인가, 혹은 부패시킬 것인가의 문제는 차치하고, 온화한 중일 작가들의 토론 자리에서 결코 이루어질 수 없는 문학의 본질에 관련된 근원적인 작업이다. 자살을 선택한 작가들, 침묵하는 작가들은 우리에게 다시금 현대의 사회 내 존재로서의 작가라는 의미에 새로운 국면을 보여 주고 있으며, 적극적인 힘을 가진 자로서 여전히 실재하고 있다. 그들은 살아남아 발언을 지속하는 자들로부터의 비판을 가장 건실히 수용하는 자인 것이 분명하다. 그것을 통해 보류 조건이 없는 '정치와 문학'이란 명제에 있어서 그들은 자신의 해답을 제시하고, 죽음을 택하고, 침묵할 때, 사회주의 국가에서 문학이란 명제에 날카롭고 적극적인 빛을 비추게 된 것이었다.

문학이 왜 필요한가, 라고 묻는 자들과 적어도 대등한 존재로서 그들은 현대 문학과 사회 내 존재로서의 작가의 의미에 힘을 쏟은 사람들로 기억되어야 한다. 정치적인 상황의 변화가, 어떤 작가들에게 죽음을, 어떤 작가들에게는 침묵을 가져온 것이 아니다. 문학이 왜 필요한가, 라는 질문에 성실하게 대답하려고 했던 행위가 때로는 자살을, 때로는 침묵을 가져온 것이다. 같은 질문은 후완춘胡万春과 같은 '조반파造反派' 작가들도 그들이 작가로 계속 존재한다면 어쩔 수 없이 자신을 향한 질문으로 계승해야 할 것이다.

　문학이 왜 필요한가, 라는 섬뜩한 질문이 들려오는 사회주의 국가에서는 일찍이 '정치와 문학'이란 명제가 분명한 정치적 우위의 형태로 고정되어 있었다. 집행 유예가 선고된 문학의 자율성이야말로 온화한 작가들의 교류 테이블을 보장하는 상태보다 확실한 희망이다. 적어도 그곳에는 문학적인 희망이 있다. 어떠한 체제의 국가라도 가짜假의 안정된 신분으로 사회 내 존재로서 작가의 위치가 보장되는 상태는 가장 나쁘다.

바실리 악쇼노프와의 대화

　또한 나는 모스크바 작가들의 클럽에서 이번에는 러시아

풍의 테이블에서 이른바 해빙기 이후의 우수한 신세대들과 함께 앉았던 때의 여러 대화를 떠올린다. 그곳에서도 길거리의 일반 시민에게는 부여되지 않은, 특별 허가증과 같은 감각이 있었다. 그곳에 초대된 소비에트 연방의 작가들과 아르메니아Armenia 코냑을 마셨을 때는 안정감이 높아질수록 뒤숭숭한 불안감도 커졌던 일이 기억 깊은 곳에 남아 있다.

특히 바실리 악쇼노프Aksyonov는 그의 내부에 소유하고 있는 어둠의 확실한 소재에 대해 직접 깨닫게 하는 작가였다. 내가 그와 만났을 때는 거의 항상 가벼운 취기가 있었지만, 게다가 늘 근심이 있는 듯한 인상의 악쇼노프와 나는, 심야에 홀로 소설 작업을 진행하고 있을 때 어떻게 자신을 스스로 힘을 북돋을 수 있는지에 대해 이야기했다. 그는 단정적으로 답하지 않았고, 독자적인 대답도 가능한 '정치와 문학'에 대해 논의를 내세우는 일 없이, 감동적일 정도로 솔직한, 회복이 곤란한 절망감을 자아내는 말을 들려주었다.

그러나 지금 나는 체코 문제를 통해서 악쇼노프가 그만의 '정치와 문학'이란 명제를 밝혀내지 않고 견딜 수 있을 것인가 생각했고, 『유노스트』 잡지의 편집부원을 이탈한 그의 눈앞에서 실제로 문학이 왜 필요하냐고 추궁하는 자들의 무리가 적지 않으리라고 생각할 수밖에 없다. 그것은 다시금 심야에 홀로 소설 창작이라는 불확실하고 애매모호하며 알 수 없는 작업을 진행할 때에 어떻게 스스로에게 힘을 북돋을 수 있을지에 대한 대화 내용과 깊은 뿌리에서 연결되어 있었다.

문학이 왜 필요한가, 라고 위세 좋게 외치는 목소리를 향해 악쇼노프는 진정한 의미에서 대립하고 있었다. 분명 그 자신의 의지로서 적극적인 그 목소리를 자기 내부의 어둠 속에 가두었다. 그리고 다시 그가 한 명의 작가로서 그것을 성취해 나갈 때에는 또한 사회주의 국가의 사회 내 존재로서의 작가란 무엇인가, 라는 절실한 질문에 실질적인 해답의 실마리가 만들어지리라 생각한다. 그가 앞으로도 오랫동안 괴로운 침묵의 시간을 지속하더라도 지금 만약 시베리아의 한밤중에 서재에서 홀로 앉아 있는 그는, 모스크바 작가들의 클럽에서 아르메니아 코냑을 마실 때보다 그 내부의 어둠의 구조체를 보다 다양하고 확실하게 만들고 있을 인간임이 분명하다. 그는 적어도 '정치와 문학'에 대해 임기응변적인 숭재위원으로부터 임시로 받은 특별 허가증을 계속 사용하려고 하지 않고, 지금 그의 동료들에게도 알려지지 않은 곳의, 고독한 서재에서 미동도 없이 앉아 있을 터이다. 그는 다시 적극적으로 그 자신이 쟁취해야만 할 '봄'과 마주하고 있을 것이다. 나카에 쵸민中江兆民의 말을 빌리자면, 하사받은 '봄'이 아니라 회복된 '봄'이 그의 명제가 되지 않을까.

문학이 왜 필요한가, 라는 질문을 다시 적극적으로 수용하고 그가 개척할 황무지는 점차 확장될 것이다. 악쇼노프의 침묵이 아무리 길어지더라도 그 정신은 시베리아에서 멀리 떨어진 나뿐 아니라 다양한 나라의 작가들에게 전달되고 있기에 그는 결코 침묵하는 것이 아니다.

다시 말할 것도 없지만, 작가에게 문학이 왜 필요한가, 라는 질문은 되도록 피하려다가 운이 나빠 맞닥뜨리게 되는 것이 아니다. 그가 자신의 존재를 걸고 책임지는 방법으로 진심으로 그 질문을 수용하고 자기 내부의 어둠에 이르기까지 침투시킬 결의를 할 때, 처음으로 이 가장 비문학적인 질문에서 문학의 핵심을 건드리는 의미가 발견되고, 사회 내 존재로서 기능할 수 있는 에너지를 장착하게 되는 것이다. 이러한 노력을 실천하는 작가는 분명 거짓 사회 내 존재의 행태에 위화감과 불안, 혹은 파멸적인 힘을 발견하게 될지도 모른다.

작가의 역할

나는 거짓 사회 내 존재로서의 작가의 태도를 다면적으로 관찰하기 위해 특별히 중국이나 소비에트 작가들의 세계를 살펴보는 일이 방법적으로 필요하다고 생각하지는 않는다. 그곳에서 건너뛰어 미국과 유럽의 작가들을 향하는 것도 필

요하지 않다. 왜냐하면 일본의, 일본어를 쓰는 문학 세계야
말로 거짓 사회적 존재로서의 작가의 소란스러움이 끝이 없
는 지경에 이르렀기 때문이다. 이 나라의 매스컴 현장에서
일본인 작가들은 거의 모든 국면에서 모든 역할을 짊어지고
출현한다. 지금은 작가들이 활자·목소리만이 아니라 영상이
라는 무기조차 거머쥐고 다양하게 변화하여 역할을 수행하는
슈퍼맨으로서의 사회 내 존재가 되었다.

그러나 대체로 신문 소설에서 작가 내부의 어둠에 직접 파
이프를 이어서 문학적 결실을 보여 주는 경우가 극히 드물고,
주간지 소설이 그보다 상황이 심각하다면 이미 매스컴에서
활동하는 작가들의 거점이란 기본적 토대 자체가 불확실한
것일 뿐이다. 또 라디오와 텔레비전에서 작가라는 슈퍼맨의
출현은 활기로 넘친다. 즉 거짓 사회 내 존재로서의 작가의
실태는 누구라도 눈치챌 수 있도록 서내하게 확장되어 사람
들의 눈앞에 존재한다. 게다가 한번 슈퍼맨이 된 이상, 작가
들의 거짓 사회 내 존재로서의 역할은 대체로 한정되어 있지
도 않다.

신문·라디오 그리고 텔레비전에서 기괴한 슈퍼맨 작가는
예언자이거나 동반자이며 비판자이다. 모든 시청자에게 공
개된 그의 거대한 흉강 내부에 만일 작디작은 어둠이 있더라
도, 그 가련한 존재에 대한 증명을 소리 없는 비명으로 과연

언제까지 주장할 수 있으랴. 그리고 그러한 괴물이 득실거리는 곳에 갑자기 나타난 무명의 난폭한 활력의 실체가, 문학이 왜 필요한가, 소설을 쓰는 인간은 실제 행동에서 얼마나 유효한 구성원인가, 거의 식충이가 아닌가, 라고 벌거벗은 임금님을 힐난하는 듯한 의심의 목소리를 내는 사태가 바로 현재 상황이라고 할 수 있다. 이러한 문학과 관계없는 장소로부터 거의 문학과 관련이 없는 개성의 소유자들을 통해 전달되는 목소리에는 한꺼번에 많은 슈퍼맨 작가들의 신통력을 파괴하는 충격적인 힘이 존재하는 듯하다. 그 이유는 슈퍼맨 작가에게 보이는 거짓 사회 내 존재로서의 모습은 아주 오랜 옛날에 깊은 어둠으로부터의 문학적인 공급 파이프를 스스로 절단한 것에 원인이 있기 때문이다. 무엇보다도 외피를 뚫고 본질적 부분에 가해진 타격의 충격을 충분히 감지하려면, 적어도 남들과 같은 예민함이 필요하다. 또한 그 충격을 거짓 사회 내 존재인 자기 핵심을 꿰뚫는 화살로 받아들이기 위해서는 진정한 사회 내 존재인 작가는 어떠한 존재가 될 수 있을지 지속적인 상상력이 필수 조건이다. 따라서 지금의 화려한 슈퍼맨 작가들이 난무하는 현상이 순식간에 우리의 시야에서 사라지는 일은 없을 것이다.

그래서 현재의 문제는 슈퍼맨 작가의 거짓된 모습을 거부할 의지를 가진 작가 개인의 태도 결정에 달려 있다. 문학이 왜 필요한가, 라는 돌팔매질을 자기 내부의 어둠에서 받아들이는 적극적인 의지를 선택할 것인가, 말 것인가가 작가의 태도 결정의 가장 기본적인 두 가지 선택지이다.

게다가 작가 내부의 어둠이 그 자신에게 있어 또한 본질적으로 정체를 알 수 없는 요소로 가득 찬 이상, 무엇이 자기 내부에서 파괴되고 재구축될 수 있을 것인가를 판단하는 과정은 대체로 신속하게 이루어지는 성질의 것이 아니다. 천천히 나사를 조이는 작업을 한창 진행 중인 그 작가를 향해, 작업 능률을 올리려면 어두운 부분에는 강력한 집광 렌즈를 부착한 조명을 비춰라, 판단 보류는 모두 기만이다, 신속하게 선택하고 판단하라, 라는 강압적인 작업 감독의 목소리가 들려올지도 모른다. 그러나 그 목소리를 듣지 않을 것을 자기 의지로 선택한 작가도 존재한다는 것을 대개의 작업 감독이 알아차리게 될 것이다. 분노한 작업 감독은 이야기를 듣지 않는 자들을 인솔해서 그 성과의 불확실하고 의심스러운 현장을 떠나게 될 것이다. 적어도 그는 곧 소설을 쓰는 인간은 실제 행동에서 얼마나 유효한 구성원이 될 수 있는가, 라는 명제의 해답을 얻게 된다. 어느 쪽이라도 다음 현장에서 식충이는 다시 버림받게 될 것이다.

그리고 후에 남은 것을 선택하고 또한 후에 남겨질 식충이와 같은 것을 선택한 작가의 노력은 점차 하나의 방향으로 수렴해 갈 것임이 분명하다. 즉, 너는 누구냐?라는 물음에 (A) 나는 소설을 쓰는 인간이다, 라고 작가가 대답할 때, 다음의 물음은 (B) 그래서 너는 어떤 행동을 하고 있는가? 라는 물음이라면 나는 이미 썼지만, 이 (A) 와 (B) 사이 균열의 넓이와 깊이는 실제로 (B)의 물음을 행하는 자를 통해 충분히 의식되는 것이라고 말하기 어렵다. 아이러니하게도 이에 대해 답해야 하는 작가 스스로가 이 (A)와 (B) 사이의 균열을 구체적으로 메워가지 않는다면 고발자가 던지는 (B)라는 질문을 결국은 무의미하게 느끼게 되는 결과를 초래하게 될 것이기 때문이다. 그래서 자신이 식충이와 같은 것을 굳이 부정하지 않는 작가는 그의 본질에 관련된 책임을 지는 방법으로서 이 (A)와 (B) 사이의 균열을 메우는 말을 거듭 쌓아나가는 작업을 할 수밖에 없을 것이다.

소설을 쓰는 인간으로서의 자기 자신을 선택하면서 출발점에 있어서 그러한 삶의 방식과 사회에 연결된 의미에 대해 진정으로 모호한 의식밖에 갖지 못했다고 고백하는 것으로 시작한 이 글을, 나는 앞서 말했듯이 벌어진 균열을 말로 메우려는 작업이 바로 작가로서 현재 할 수 있는 행위라고, 현장에서 보고하는 것으로 마무리하려고 한다. 또한 그러한 직업에 종사하는 자로서 진정으로 일본적인 상황을 살아가는 나 자신을 포함하는 시대 그 자체가 일단 어떠한 특수성을 갖고 있는 새로운 시대인가에 대해서 지속적으로 생각해 본 적이 없는 청년으로서, 내가 작가라는 일에 깊이 관여하고 있다고 이야기하고 써 내려가는 이 글을 나는 지금 다음과 같이 현대에 의미를 부여하고 있다고 쓰는 것으로 맺으려고 한다.

즉 내가 생각하는 거짓이 아닌 진정한 사회 내 존재로서의 작가란 자기 내부의 어둠 속에 숨은, 또한 숨어 있을지 모르는 것을 말로 탐색하고 용량의 한계를 확대하여 그것을 위한 전모를 타인에게 전달할 수 있는 객관성을 갖추어 구축물로 만드는 제한적인 역할만을 담당하는 존재이다. 그러나 핵 공화국 극소수의 권력자를 제외하면 모든 인류가 그 내부의 어둠에서 핵전쟁의 종말론적인 비참한 상황의 예감으로 구체적인 핵을 갖추어야만 하는 시대가 되었기에, 이제까지 언급한 작은 사회 내 존재로서의 작가의 역할은 어쩌면 실로 무의미하거나 무력하지 않지 않다. 다양한 핵 체제가 대립하는 복잡한 현재의 국제정치 전선에서 보편적인 의미를 함의하며 작가가 사람들에게 영향력을 끼칠 수 있는 시대가 바로 현대가 아닐까.

6. 개인의 죽음, 세계의 끝

어둠의 나라와 앨리스

피부가 분을 바른 것처럼 하얗고 머리도 염색하지 않으면 백발일 것이 분명한, 거의 눈이 보이지 않을 정도의 약시를 가진 소녀가 절규하듯이 이야기한다. 단상 아래의 소년들, 소녀들이 거의 야유에 가까운 거친 소리를 낸다. 그러나 그 험악한 야유가 실은 온순한 커뮤니케이션을 위한 의지 표현인 것을 깨닫는 데에 긴 시간이 필요하지 않다. 색소 결핍으로 온몸이 희고, 눈의 구조도 마찬가지라 이 세계가 비정상적으로 눈부시며, 시력이 약한 알비노 체질인 백색증이라고 소녀는 이야기하고 있었다.

일반 학교 시절에는 흰 돼지라며 만지면 감염된다고 놀리는 괴롭힘이 있었고, 맹학교로 전학하던 날까지 뒤따라와 네가 없어지면 좋겠다고 말하는 급우들까지 있었다는 것이다. 작은 몸집의 어린 소녀는 분노에 차 소리를 높였고, 지금은 맹학교에서 처음 유쾌한 날들을 쟁취했다고 외쳤고, 그 짧은 연설을 끝냈을 때는 그곳의 소년들·소녀들에게 우레와 같은 박수를 받았다. 그리고 이어서 완전한 침묵이 시작되었다.

단상 위에서 침묵한 채 가만히 선 소녀를 돕기 위해 무대 밑에서 기다리던 급우가 나와 데리고 내려오기까지 그 1, 2분의 침묵. 그 침묵은 참으로 나를 두렵게 했다. 눈이 보이지 않는 소녀를 침묵으로 사로잡은 거대한 어둠, 그 깨부수기 어려운 견고한 침묵을 통해, 정말 오랜 시간 기독교적인 것과 무관한 나를 사로잡았던 파스칼의 다음과 같은 한 문장이 구체적인 실감과 무게로 다시금 다가왔다.

이 무한한 공간, 영원의 침묵이 나를 두렵게 한다.

나는 가끔 꾸던 악몽처럼 거대한 어둠 속에서 양팔과 양다리를 뻗은 소녀가 빙글빙글 돌면서 추락할지도 모른다고 느꼈다. 『이상한 나라의 앨리스』가 일찍이 많은 것을 나에게 계시한 것처럼, 이 어둠의 나라 알비노의 앨리스는 나의 기억과 상상력의 세계에서 그 광채를 잃지 않을 것이라고 예감했다.

나는 일본 여러 지역의 맹학교에서 모인 시각장애인이나 심한 약시의 소년들·소녀들의 연설을 맹학교에 다니는 학생들과 함께 듣고 있었다. 그들의 공통적인 주제는 그들이 처해 있는 상황을 어떻게 정면에서 받아들였는가에 대한 것이었다. 그들의 대부분이 태어날 때부터 시각장애인으로 그 생애를 시작한 것은 아니었다. 그래서 눈이 보이지 않는 자기 자신을 온전히 받아들이고 살아가는 일을 그들이 실제로 시작했을 때, 그들은 먼저 녹록지 않은 충격과 좌절을 극복해야 했다. 맹학교는 자기 해방을 쟁취한 자들의 장소가 된다.

그러나 그곳에서 새로운 시대의 시각장애인을 위한 교육을 받아, 예를 들면 피아노 조율사와 같은 직업 훈련을 받는데, 일단 사회생활의 첫 출발을 할 때 우수한 학생들의 경우에는 특히나 또 다른 좌절의 함정이 기다리고 있다. 눈이 보이는 보통 사람(이것은 특별한 영향력이 있는 말이다)과 경쟁해야만 하는 고도의 기술이 필요한 직업일수록 시각장애인 청년들은 실제 사회에서 경쟁에서 살아남을 수 있을지 불안을 느끼기 시작한다. 그리고 다시 피아노 조율 교실을 떠나 침술이나 마사지 기술 훈련을 받기 시작하면서, 그들은 두 번째 좌절을 극복해 나간다.

젊은 시각장애인 청년들의 이야기를 반복해서 들으면서 그러한 경험을 토대로 그들의 확실한 사회적인 위치를 다시 확립하려고 결의에 차 이야기하는 모습으로부터 나는 그 절실한 압박감이 전해 주는 감명을 잊을 수 없었다.

그러나 나를 가장 깊은 곳, 이른바 내부의 어둠 속 심층부에서 단단히 붙잡아서 동요시킨 거대한 것은 스무 명이 넘는 화자들이 청자의 거세게 야유하는 커뮤니케이션 신호에 마치 안내견을 따라가듯 자신이 진행해야 할 방향 궤도를 조금씩 수정하며 이야기를 지속하고, 그것이 끝난 순간, 오직 침묵에서 그 견고한 뿌리를 퍼지게 한 것이었다. 게다가 시각장애인 청년들을 사로잡았던 끝없는 어둠 속 침묵에는, 내가 활자를 통해서 밝히려고 했던 어둠(그것은 타인의 글 속 활자나 내가 활자로 구성한 글에 의한 것이지만)의 심층부, 이른바 나의 육체=영혼의 심층부를 환기시키는 물이 솟아나는 분출구가 있다고 생각했다.

현대의 무속인

구체적으로 말하자면, 나는 다른 방식으로 그들 젊은 시각장애인 청년들과 만난 것인지도 모른다. 이렇게 만나게 된 것은 지금 우리가 살고 있는 국가의 농촌과 도시에서 일어난 사회 구조의 변화에 의한 것이고, 또 다른 만남의 가능성은 우리들이 오늘날, 황량한 상황을 극복할 수 있을지 모르는 공동체의 상상력, 우리 민중이 공유하는 상상력과 관련이 있다. 이세伊勢·시마志摩 지방의 무속인에 대해 이야기한 대단히 새로운 논문에서 다음과 같은 주석이 앞에서 언급한 구체적인 내용을 명료하게 나타내고 있다.

> 도호쿠東北 지방의 맹인 무당의 경우, 신체장애인에 대한 복지 대책이 점차 정비되어 시각장애인의 자녀는 대부분 맹학교에 입학하고, 침술과 안마업으로 진출하면서 무당이 되는 사례가 적어졌다. 그래서 현재는 무당을 계승하려는 시각장애인의 자녀는 거의 없다고 볼 수 있다. 따라서 무당의 신들림 현상은 머지않아 소멸할 것이다. 시각장애인이 아닌 무당이 많은 해당 지역에서는 전자와 같은 위기감은 없다고 하지만, 고통스러운 무당 수행을 기피하는 경향이 강하고, 또한 산업계의 고도성장에 따라 대부분 고등학교로 진학하거나 취직하여 거주지를 떠난다. 피치 못할 사정이 아니라면, 무당 지원자는 출현하지 않을 것이다. 단 인생의 고난이 있어서 전환기를 맞으려는 중장년 이상의 부인들 중에서 극소수의 지원자가 나오는 수준이다. 어느 쪽이든 소멸은 시간문제이다. (사쿠라이 도쿠타로櫻井德太郎 『민간 무속과 원령』)

과거였다면 강단 위에서 이야기하는 시각장애인 소녀들 중에 어쩌면 누군가는 무당이 되었을지도 모르는 일이다. 나 또한 숲 골짜기 마을로부터 송두리째 벗어나 대도시에서 생활해야만 했기에 정체를 알 수 없는 활자 너머의 어둠 속에서만 진실을 발견하며 어중간한 상태로 살았지만, 만약 골짜기에 남았다면 선조로부터 이어받은 육체=영혼의 구제를 바라며 도호쿠 지방으로 시각장애인을 찾아 떠났을지도 모른다. 실제로 나보다 한 세대 전까지의 마을 사람들은 그러한 목적으로 깊은 숲속에서 골짜기를 따라 내려왔던 것은 아니었을까.

따라서 단상에서 명석하게 이야기하던 시각장애인 소녀가 보여 준 갑작스러운 침묵에 가장 근원적인 육체=영혼의 어두운 심층부에서 내가 충격을 받았던 것과 다시 시코쿠四国의 깊은 숲속 한밤중 기억을 관련지으려는 것은 단순히 시대착오는 아닐 것이다.

우주의 끝

나는 전쟁기에 중국 여순旅順의 고등학교에서 잠시 귀성했다가 패전으로 그 학교 자체가 없어진 까닭에 골짜기에 남아 산양을 키우던 이과 학생으로부터 천문학과 곤충학 관련 책을 받았다. 그것은 『전천성도全天星図』라는 대형 책자를 『전천황도全天皇図』로 잘못 읽어서 몸이 떨리는 불안을 경험한 전쟁 직후 전환기의 일이었다. 나는 그 책들 중에서 지금은 원저자와 번역자의 이름조차도 희미하고 모호한 기억으로 남아 있는 『시간·공간을 통과하며』라는 한 책에서 그때까지 마주친 적이 없는 새로운 종류의 전율을 내포한 활자 너머의 어둠을 발견했다. 먼저 내가 그곳에서 무엇을 발견했는지를 말해 두려고 한다. 나는 그것에서 고고학·고생물학·천체역학을 전혀 발견하지 못했고 오직 나를 기다리고 있는 개인적인 죽음뿐 아니라 이 세계를 포함하는 우주의 끝이라는 괴물과 만난 것이다. 괴물은 무수하고 영원한 비늘을 덮은 갑옷으로 무장하고 있었다.

이 통속적인 일반 과학서를 통해 지금 명료하게 기억할 수 있는 그림은, 시간을 아득히 거슬러 올라간 세계에 존재했다가 송곳니가 길게 발달하여 결국 멸종되었다는 환상의 호랑이와 역시 껍질 속 구조가 매우 복잡하게 진화된 까닭에 멸종된 암모나이트의 정밀화이다. 그것은 그 자체로 내가 이들 책을 향한 관심이 어떠한 불안으로 덧입혀진 것인지 이야기하고자 한다. 여기서 이 환상의 호랑이와 암모나이트가 아득히 먼 옛날, 정신이 아찔할 정도로 시간이 퇴적한 건너편에 멸종된 채 지금도 계속 사멸하고 있다는 말의 모순을 발견했다. 말의 모순에 따른 잘못된 논리를 깨닫고 즉각적인 감정적인 동요가 일어나면서 두렵고 불길한 느낌이 나를 강하게 사로잡았다.

그것은 내가 책을 통해 우주 공간에 대해 배우고 그 무한에 가까운 멀리 저편에서 우주 공간조차 존재하지 않는 절대적인 허무가 있다고 생각한(그 또한 말의 모순이지만, 그때 나는 심야에 눈을 떠 골짜기를 둘러싼 숲 꼭대기를 지나가는 바람 소리를 들으면서 허무조차 없다!고 떨며 탄식하기도 했다), 그것이 금세 죽음의 이미지로 변한 것과 관련되어 있다.

우주 공간의 무한, 혹은 거의 무한에 가까운 것, 그리고 시간의 무한. 그리고 그 무한의 시간을 사망한 상태라고 생각하는 것이 나를 견디기 어려운 두려움으로 이끌고 갔다. 그즈음 나는 모든 장소에서 죽음의 냄새를 발견했다. 숲이, 골짜기가, 가옥이 거대한 '죽음'의 소굴이었다.

천문학을 애호하는 소년이었던 나는 종종 밤이 깊도록 작은 망원경으로 관측을 계속했지만, 가족들이 지레짐작하듯 내가 별을 보고 있던 것은 아니었다. 나는 별과 별 사이의 어둠을, 허무조차 존재하지 않는다고 해석한 우주 공간 건너편을 엿보려고 했다. 나는 별자리의 구조와 별의 색채를 즐기기는커녕 끝없는 어둠의 바닥까지 엿보려는 미칠 듯한 기분을 느꼈던 것이다.

처음 인간이 탄 인공위성을 쏘아 올릴 때부터 내가 반복해서 꾼 악몽의 상황에 대해 타인에게 이야기하기를 주저할 수밖에 없었는데, 실제로 그것들 사이에서 단적인 공통점이 발견된다. 분명『에버그린』잡지에 실린 만화에서 부서진 인공위성의 둥근 창문 너머로 몹시 다투는 두 우주 비행사의 얼굴이 보이는 장면이 있었다. 헛된 다툼을 계속하는 가련한 두 호모 사피엔스를 태우고 끝없는 우주 공간을 향해 멀어져 간다. 이 만화도 과거 어린 시절에 경험한 나의 두려운 기억 그 자체를 보여 주는 것이기도 하다.

지옥과 극락

그래서 나는 골짜기 마을의 절 본당에 지옥도가 전시된 날, 같은 또래 친구들과는 조금 다른 반응을 보이는 소년일 수밖에 없었다. 실제로 나는 지옥도의 광경을 위협적으로 느끼지 않았다. 지옥도를 등지고 무섭게 통속적인 윤리관을 늘어놓고는 아이들을 매서운 눈으로 쏘아보던 주지승은 나에게 기묘한 둔감함을 느꼈을 것이 분명하다. 지옥도 앞을 소란스럽게 지나가는 아이들은 본당 앞 가로목에 걸려 있는 쇠고리를 돌려 자신이 지옥에 가는지 아닌지를 점쳤다. 쇠고리가 지옥 쪽에 멈추면 겁을 먹고 다시 돌렸다. 그러나 나는 그것이 어중간한 쪽에 멈추는 것만을 두려워했다. 왜냐하면 그것은 마음속에 품던 의문처럼 지옥도 극락도 존재하지 않는다는 것,

사후에는 어느 쪽도 아닌 허무의 공백만이 존재한다는 것을 의미했기 때문이다.

내가 돌린 쇠고리가 지옥에서 멈추면 아이들은 자기 일처럼 열심히 설득해서 몇 번씩이나 다시 돌려 극락에 멈출 때까지 계속 시도하게 했다. 아이들에게는 지옥인가, 극락인가 두 개의 선택지만이 있었고, 지옥보다 더 나쁜 상황은 없기에 그곳에 멈춘 쇠고리의 예언을 받아들이는 대신에 다시 돌리려 하는 것은 당연한 이치였다. 그러나 나는 제3의 선택지인 어중간한 상태에서 멈추지 않으면 안도했고 다시 점치는 일은 위험한 행위라고 생각했다. 그 결과, 나는 가혹한 지옥이란 사후의 목적지가 예언되더라도 애처롭게 이의제기하지 않는 용감한 자, 혹은 불길한 괴짜로 불리면서 얼마간 또래들한테 소외되었다.

『왕생요집往生要集』의 지옥에 대한 상황 묘사가 반복해서 나를 동요시킨 것은 가혹한 고통의 시간을 끝없이 반복되는 이미지를 통해 자세히 강조하는 부분에 있었다. 인간이 무의식에 빠지거나 혹은 지옥에서 다시 죽어서 귀신들에게 더 효과적으로 저항을 하려 해도 다양하고 다층적인 지옥(이것은 이른바 미래학이란 기괴한 학문을 사회학자가 선도하고 SF 작가와 만화가, 건축가들의 상상력이 묘사하는 복잡한 미래 사회의 구조를 떠올리게 한다. 인간이 창출한 모든 종말론적 세계관에는 공통적인 동기부

여가 존재하기 때문이다)은 그 탈출구를 사전에 폐쇄하기 위해
철저하게 수학적으로 계획된 프로그램을 보여 준다. 실제로
그것은 지옥을 믿는 자는 물론 믿지 않는 자 모두에게 상당히
정신적 타격을 입힐 만큼 집요하다.

지옥 전체를 여덟 개로 나눈 구조에서 등활지옥이란 이른
바 시작 부분의 지옥도 다음과 같이 묘사된다.

> "인간 세계의 50년을 하루로 치는 사천왕천 세계의 수명은 500
> 세이지만, (그러나) 이 사천왕천의 수명도 이 지옥의 하루에 불
> 과한데 (이 지옥의 수명이 또) 500세인 것이다." 살아 있는 것을
> 죽인 인간이 가는 이 지옥에서 "죄인들은 서로에게 늘 적개심이
> 있어서, 만약 우연히 마주치면 사냥꾼이 사슴을 발견할 때처럼
> 철과 같은 손톱으로 서로 할퀴고 상처를 입혀 결국 피와 살도 완
> 전히 없어져서 뼈만 남는다. 또는 지옥의 귀신이 쇠몽둥이로 (죄
> 인을) 머리부터 발끝까지 가차 없이 때려 부숴 몸을 흙덩이처럼
> 만든다. 특히 예리한 칼로 요리사가 생선과 고기를 손질하듯이
> 조각조각 살을 발라낸다. (그러나) 시원한 바람이 불어오면 금방
> 원래대로 살아 돌아와 다시 고통을 받는다. 때로는 (이들 죄인이
> 살아 돌아올 때) "너희들, 모두 다시 살아나라" 하는 소리가 공중
> 에서 들리거나 혹은 지옥 귀신이 두 갈래로 된 쇠몽둥이로 "되살
> 아나라, 되살아나라" 하면서 땅을 친다고 한다. 이러한 고통을 더
> 자세하게 기술할 수는 없다. (도요분코)

나는 『왕생요집』의 독자였던 할머니로부터 이러한 지옥이나 더욱 심한 대규환지옥·초열지옥·대초열지옥·무간지옥 그리고 그중 특별히 공을 들인 가혹한 지옥에 관한 이야기를 듣기도 했다. 그래도 나는 지옥인가, 극락인가를 점치는 쇠고리를 돌릴 때마다 숨죽이며 어느 쪽도 아닌 어중간한 곳에 멈춰 무한한 허무에 빠지는 것보다 자진해서 지옥을 받아들이기를 원했던 것이다.

그러나 『시간·공간을 통과하며』라는 책은 마치 인쇄된 모든 활자가 총동원되어, 골짜기의 절에 있던 지옥도와 아이들의 근원적인 점치기 행위에 저항했던 나를 공격하는 듯했다. 개인의 죽음에서 사후는 허무이고, 그 허무는 무한 공간과 같은 허무이다, 오리온자리 암흑성운의 어둠을 보라, 머지않아 너는 무한과 영원과 허무를 충분히 알게 될 것이다, 게다가 개인의 죽음만이 아니라 세계의 끝이 있고, 결국 우주의 죽음이 있다, 지옥이 자리할 틈이 어디 있을까? 라고 나를 추궁하며 당황하게 했다.

나는 이 책들을 통해 번민의 씨앗이 뿌려진 마음을 품고 지내면서 이 책들을 나에게 건네준 그 이과 학생을 향해서는 개인의 죽음이란 무엇인가, 사후의 허무란 무엇인가, 라는 질문을 할 수 없었다. 가령 내가 죽음을 근심하여 밤낮 긴장하며 지낸다는 비밀을 남동생에게라도 들키게 된다면 얼마나 수치스러울까. 그것은 성에 대한 것보다 더 부끄럽고 꺼림칙하여 어둠 속에 묻어 둬야만 할 문제였다. 실제로 성은 웃음을 유발하는 공통적인 화제로 아이들이 모이면 이야기를 꺼내곤 했다.

그러나 확실히 죽음은 지옥도에 겁을 먹은 아이들을 쇠고리로 지옥인가 극락인가를 점치게 했지만, 다음날이 되면 점치기를 다시 시도하는 아이는 없었다. 그런데 나만은 점치기를 대하는 태도가 다른 아이들이 두려워할 만큼 용감했을지는 몰라도, 실제로는 매일 죽음의 이미지에 위협당하는 아이였다. 그리고 그 사실을 들키는 치욕은 없었다. 우스운 자가당착을 내포한 이야기지만, 그것을 타인이 알게 된다면 수치심에 순간적으로 죽고 싶다는 생각조차 들었을지 모른다.

그래서 이과생을 향한 나의 질문은 엉터리라 하더라도 과학적으로 위장해야만 했다. 주로 나는 무한 공간과 우주의 사멸에 대해 질문한 것이었다. 무한 공간과 죽음의 이미지는 골짜기 마을 꼬마인 내가 관련시킨 것에 지나지 않기 때문에 진짜 불안을 들킬 염려는 없었고, 개인의 죽음이라면 모를까 지구를 넘어 우주의 죽음을 논한다면 사내다운 논의로 여겨질 것이라는 속셈이었다.

골짜기 마을에서 의자와 책상 생활을 하던 단 한 명인 이과생은 우주 공간에 대해, 여기 하늘 위로 올라가서 무한히 올라가면 결국 지금 내가 앉아 있는 의자로 되돌아온다는 아인슈타인과 비슷한 해석으로 답을 주었다. 만약 그 해석이 옳다면 그 아인슈타인이라는 망명 독일인도 이과생도 모두 무한한 우주라는 의미를 죽음과 결부시키는 것이 두려운 나머지 이러한 타협안을 낸 것이 아닐까, 라는 불순한 의심이 들었다. 당연히 그것은 나의 불안을 위로하지 못했다.

그리고 다음 질문의 답으로 이과생은 나의 내부에 새로운 불안을 뿌리내리게 하는 이야기를 꺼냈다. 대답은 이러했다. "우주의 사멸? 물론 있기는 있을 거야, 우주가 존재하고 있으니까, 당연히 시작이 있으면 끝이 있겠지." 내가 "그럼 존재한다는 말이 처음부터 틀렸나요?"라고 재차 질문하자 이과생은 내가 돌발적인 명제를 도입시킨 것에 대해 얼마간 조롱의 의미를 담아 더 이상의 질문을 차단했다. 그의 말 자체보다노 납이 전달하는 막막한 인상만이 기억에 남는다. 이과생은 "우주의 사멸보다 이 지구의 끝이 먼저야."라고 내게 알려 주었다. 세계가 지금 끝나 가는 광경을 내가 본다면, 어떠한 기분일까, 또 그것을 지켜보고 난 후에는 어떤 기분이 들까. 진정한 명제인 사후의 허무에 대해 순차적으로 화제를 전개하듯, 간절한 마음으로 마중물을 보내자, 이과생은 실로 단호하고도 절망적인 선고를 내렸다.

그러니까 세계가 끝난다는 것은 모두 죽는다는 거니까, 그 후에 어떤 기분일지 그런 건 애초에 문제가 안 돼. 그런데 우리가 사는 동안에는 아직 지구가 사멸하지 않을 테니까. 만약 네가 지금 세계가 끝나 간다고 느낀다면, 그건 네가 정신이 이상해지기 시작한 것일 수 있으니까 조심해, 이상한 ××씨처럼!

광기의 불안

결국 나는 사후의 허무에 대한 불안을 조금도 이해받지 못했을 뿐만 아니라 근본적으로 그곳에 이어져 있는 광기에 대한 불안까지 불러일으키고 되었다. 여기서 이야기가 나온 '이상한 ××씨'는 골짜기 밖의 모든 사람에게는 설명할 필요가 있을 것이다. 그것은 개인적으로 작은 낙이기도 하다. 왜냐하면 그에 대하여 생각하면 어릴 적 내가 매우 두려워하기도 하고 한편으로 미혹되기도 했던 한밤중에 밖에서 들려오는 목소리 하나를 떠올리게 하기 때문이다.

그는 우리 집이 있는 곳보다 강 상류의 취락에 살면서 아침마다 말이나 소 수레를 끌고 골짜기 밖으로 나가는 왜소한 남자였다. 그리고 술에 취하면 수레도 동물들도 내팽개치고 혼자 한밤중에 마을 어귀로 돌아와 홀로 소리를 질렀다. "내가 바로 그 이상한 인간이다!"라고 소리를 지르며 심야의 어두운 유리창 너머를 지나갔다. "악착같이 일해도 혜성이 충돌하면 지구는 끝장이 난다, 하하하!"

골짜기 마을 어른들도 관혼상제에서는 한없이 난동을 부리기도 했지만, 그것은 마을 공동체 전체에서 맺은 협정에서 허용된 난동이었다. 공동체와 조금도 관련 없이 심야에 홀로 난동을 부리며 큰 소리로 자기주장을 일삼는 남자의 존재는 내게 한없이 열광적인 고양감 그 자체로 두려움과 동경심을 품게 했다. 한밤중에 들렸던 그의 "하하하!" 큰 웃음소리가 선명하게 떠오른다. 그는 스스로 온전하지 못한 이상한 인간을 자처했고 골짜기 마을 사람들도 그렇게 불렀다.

광대는 공동체 내부에서 살 수 있지만, 이상한 인간은 공동체에서 내쫓김을 당한다. 특히 그렇게 취해서 난동을 부리고 한밤중에 절규하듯 웃음소리를 내거나 정상이 아니라고 선전하는 남자를 조용한 마을의 보통 인간늘이 어떻게 받아들일 수 있을까. 그래서 그는 초가지붕 오두막에서 고독하게 생활하며 마소수레를 끌 때만 그것도 골짜기 마을과 강 하류의 마을을 연결하는 길가에서만 자신을 드러낼 수 있었던 것이다.

술을 마실 수 있을 만큼만 수입이 생기면 그는 짐승도 수레도 내팽개치고 핼리 혜성이 발견된 이래로 고착된 고정관념을 외치며 돌아다녔던 것이다. 광기에 대한 이과 학생의 언급은 다시금 나의 불안 깊은 곳에서 하나의 구조재構造材가 되었다. 어쩌면 나는 또 하나의 광인이 될 인간일지도 모른다. 그래서 나는 내가 세계의 끝을 보고 있다고 느끼기 시작한다면 그것은 즉 발광의 징조가 될 것이라는 사실을 잊지 않고, 곧장 자살해서 더 이상 치욕을 당하지 않도록 해야겠다고 은밀히 결의했다.

그러던 중에 이웃 마을까지 여러 곳을 떠도는 무당이 찾아왔는데, 도호쿠 지방의 무당과는 조금 다른 성격이라 해도, 본질적으로 흡사한 성질의 시각장애인 무당이 죽은 자들의 목소리를 전해 준다는 소문을 들었다. 우리 가족은 특히 형들이 계몽사상에 영향을 받아 과학적인 태도를 따르던 탓도 있었기 때문에 시각장애인 무당에 대해 냉담했다. 그러나 나는 그 무당을 매개로 전쟁기에 죽은 아버지를 불러내고 싶다고 생각했고, 동시에 형들의 과학적인 태도에 저항할 수 없는 어머니의 남모를 초조함도 느끼고 있었다.

그리고 나 또한 가령 몰래 혼자 이웃 마을로 나가서라도 그 시각장애인 무당을 만나고 싶었다. 나는 그 무당이 시각장애인이라는 사실에 더욱 끌리기도 했다. 말하자면 어둠 속에 살면서 자기 육체를 어둠에서만 채우고 있는 시각장애인은 우주의 아득히 먼 건너편 그리고 무한한 시간의 건너편인 절대적 어둠→죽음과 교신할 수 있지 않을까 하고 생각했다.

이것은 형들의 과학적인 태도와는 정반대인, 그래서 그들에게 이야기하는 것조차 부끄러운 몽상이었기에 역시 남모를 심한 초조함을 느꼈다.

일주일 정도 시간이 지나, 이 지역에서는 그다지 환영받지 못했던 무당이 분개하여 다른 지역으로 떠났다는 새로운 소식을 듣게 되었다. 곧장 나는 골짜기 강가 깊은 곳으로 가서 물고기들이 은신처로 삼는 늦여름 갯버들의 큰 덤불에 숨어 어깨까지 몸을 차가운 물에 담그고 눈을 감고 나는 맹인이다, 라고 자기 암시를 걸어 보았다. 그 사이 물속에서 나의 몸은 완전히 차가워져서 시나브로 짙어진 덤불숲의 그림자는 나의 닫힌 눈꺼풀 너머의 어둠에서 꿈틀거리는 빨간 소용돌이와 같은 것을 차례로 소멸시켰다. 나는 당시 내가 사후의 허무를 경험하려는 중이라고 생각하며, 그 경험의 깊은 곳으로 들어가려고 했다.

얼마 후에 집토끼에게 줄 풀을 베러 온 농부가 실제로 사후의 허무로 이동하려고 하는 나를 발견하여 재빠르게 사고를 알렸다. 한바탕 소동이 될 만한 일이라면 무엇이라도 반기는 전쟁에서 이제 막 돌아온 청년들이 대거 몰려와서 나를 무한한 공간, 혹은 영원의 시간으로부터 구조해 주었다. 그들은 모두 특공대원이었거나 공격대원으로 겨우 살아남았다고 증언하는 사람들이었다. 누구도 "무한한 공간의 영원한 침묵"을 두려워하지 않았기에 구조된 꼬마의 우울을 결코 이해하지 못했다.

같은 시기, 지옥에 대한 일종의 낙관주의적인 태도와 모순되지만, 나는 사후의 허무에 대한 이미지를 두려워하면서 동시에 죽는 과정의 고통과 공포에 대한 염려가 줄곧 나를 따라다녔다. 게다가 전쟁이 끝나고, 막연하게 예감했던 공동의 죽음이 개인의 죽음으로 환원되어 다시 나 혼자의 문제로 보자면, 나는 이미 '죽음'이라는 활자를 통해 생성되는 이미지로부터 두려운 무언가를 발견할 수밖에 없었던 것이다.

앙드레 말로와 바타이유의 증언

무엇보다 가장 두려운 죽음, 모든 가혹함의 중심에서 가장 가혹한 죽음은, 고문과 능욕을 당하는 고난이 계속되는 죽음이라고 앙드레 말로Andre Malraux는 일종의 증언과도 같이 말했다.

나는 가장 끔찍한 죽임을 당하면서 황홀한 표정을 보이며 죽음을 앞둔 자에 대한 증언과 접했다. 그 사형 집행은 오랜 고문의 마지막 그 자체가 죽음인 것에서 앙드레 말로가 말하는 가장 두려운 죽음에 해당했지만, 한편 황홀한 표정을 짓고 있었다고 언급하고 있다. 이러한 고문과도 같은 사형 집행을 오래 지속시키려고 했던 예로 팽준사彭遵泗의 『촉벽』의 한 구절은 다음과 같이 실증하고 있다.

> 가죽을 벗길 때는 머리에서 엉덩이까지 일직선으로 가르고, 새가 날개를 펼치는 듯한 모양으로 앞으로 펼친다. 그러면 대체로 하루 이상 지나야 겨우 숨이 멎는다. 만약 금세 죽게 될 경우는 사형 집행인도 사형에 처했다.

말할 것도 없이, 가죽이 벗겨진 것은 인간이다. 이 가혹한 죽음과 실로 두려운 대중 앞에서 집행되는 사형 사진에 대해 앙드레 말로와 동시대를 살았으나 서로 대조적인 조르주 바타이유Georges Bataille가 쓴 문장이 대단히 인상적이다. 그것은 직접 그들의 조부에 해당하는 고독한 사디스트의 상상력에 관련된 실마리를 보여 준다.

> 베이징에서 몇 번인가에 걸쳐 형이 집행될 때 촬영된 처형자의 적나라한 이미지 속 세계는 내가 알기로 우리들이 이미지를 통해 도달할 수 있는 세계 속에서 가장 비통한 것이다. 그곳에 드러난 처형은 가장 무거운 죄에 내려지는 신체를 절단하는 형벌이었다. (…) 처형을 길게 지속시키기 위해 죄인에게 아편 한 대가 주어진다고 들었다. 『심리학 개론』의 저자인 뒤마는 희생자에게 보이는 황홀한 표정의 외견에 대해 강조하고 있다. 아마 적어도 부분

적으로는 아편과 관련되어 있으리라 추측되는 외견은 사진의 이미지가 갖고 있는 비통한 성질을 첨가하고 있는 것은 분명하다.

(『에로스의 눈물』 겐다이시쇼샤)

이러한 사실을 진술하는 활자는 언제나, 왜 죽음의 양태를 이렇게나 복잡하게 만들기를 인간이 바라는 것인가에 의구심을 갖게 했고, 계속해서 정체를 알 수 없는 기괴함의 어두운 부분이 언제까지나 남아 원점에서 돌기만 하는 몽상 속으로 나를 끌어들였다.

집단 광기

그것은 이른바 '자연 증식'된 악몽이 되었다. 비단 프랑스인의 글만이 아니라 직접 중국에서 우리에게 보내는 비슷한 성격의 수많은 증언이 쏟아지고 있기 때문이다. 명나라 말엽 동란기에 방랑하는 도적들의 우두머리 장헌충張獻忠이 사천성에서 저지른 포학한 사건에 대하여 『촉벽』의 저자가 비통한 심정으로 쓴 자신에 관한 서술이 우리에게 주는 충격은 쉽게 사라지지 않는다.

아무리 생각해도 이상한 것은 도적 장헌충이 황제를 자칭하며 민심을 수습하려 하지 않고 머리를 짜내어 오로지 죽이는 방법만을 궁리했다는 점이다. 포노剝奴(팔다리를 자르는 사형), 설추雪鰍(매달아 등을 창으로 찌르는 사형), 관회貫戲(아이들을 불에 태우는 사형), 복고腹剖(배를 가르는 사형), 변지辺地(등줄기를 두 동강 내는 사형) 따위로 사람을 죽였다. 선비를 모두 죽이고 장인匠人과 노비를 죽였다. 남자와 여자 할 것 없이 서민과 승려·도사도 전부 죽이고 더는 인간이 남아 있지 않게 되자 병사도 죽였다. 궁전을 태우고 부숴 우물에 흙을 메우고 성을 평지와 같이 만들었다. 2년 만에 시체가 쌓여 산처럼 변하고 유혈은 강을 이루었다.

(도요분코)

여기서 문자의 나라 중국의 사람들답게 한자를 사용하여 교묘히 그 방법의 명칭이 기록되어 있다. 상세히 살해 방법까지 덧붙이고 있으니, 더욱 그 실체에 대해 역겨움이 유발되는 것이다.

개인을 죽이고 집단을 모두 죽인다. 이를 위해 온갖 일들이 지혜를 짜내어 고안된다. 그리고 그 방법은 점차 대량 학살쪽으로 향하고 있다. 난징대학살에서 일본인은 장헌충과 그 부하들이 자행한 살육을 훨씬 능가했으리라. 아우슈비츠의 살육, 히로시마와 나가사키에서의 살육, 그 대량 학살의 방법과 규모에 있어 20세기는 역사상 정점에 서 있다.

우리의 일상생활은 대량 학살 무기 위에서 균형을 유지하고, 마술사와 같은 소수 권력자의 도박으로 좌우된다. 일찍이 나를 사로잡은 죽음과 관련된 고정관념의 정점은 여기 한 인간이 죽음 후의 영원한 허무를 심히 두려워했기 때문에 발광한다거나, 혹은 살아남은 사람들을 향한 죽은 자들의 거대한 질투에 휩싸여서(사실, 나 자신이 그렇게 사소한 정념을 몰래 나의 육체=영혼 내부의 한구석에 싹틔우고 있었고, 종교나 더 나아가서 인류애로 대처하지 않는 이상, 타인 중 누군가가 이러한 정념이 끔찍할 정도로 확대되지 않을까, 전혀 알 수 없다고 느꼈다), 그 개인의 죽음이 인류 전체의 죽음으로, 그러니까 세계의 종말을 초래하게 하지 않을까 하는 악몽이었다.

세계의 종말

실제로 괴기 모험 소설이나 그 영화에서 나는 완전히 이 창작자들은 내가 사로잡혀 있던 같은 고정관념을 경험한 것이 분명하다는 징후를 발견해 냈다. 제임스 본드와 같이 많은 영웅들이 빈번히 수행한 프로젝트란 무엇이었나? 그것들은 항상 세계 제패라는 목적이 있고 운이 따르지 않아 계획을 포기해야 하는 상황에서, 절망 끝에 마주한 세계의 종말이라는 결과 앞에서, 비장의 수단으로 대결하고자 하는 거대한 악역을 쓰러뜨린다.

그것은 한 사람 대 전 인류 마이너스 한 사람의 조건으로, 게다가 기괴한 균형을 요구하는 천재적인 광인을 악역으로 하는 경우만 아니라 냉전 체제하의 집단 광기를 이용하여 독자의 상상력과의 다리를 만드는, 하나의 진영 즉 냉전 체제하의 세계의 절반을 파멸시키는 온갖 시스템이 손쉽게 장치되는 경우도 있다. 그것은 결국 모험 소설과 액션 영화의 세계를 뛰어넘어 대통령과 개인적으로 밀담을 주고받는 핵 전략가의 저작 중에서 정식으로 채택된 것이 있을 정도이다.

히로시마에서 폭발된 핵폭탄이 멸망시키려고 했던 사람들이 심한 부상에도 살아남아 교외로 도망쳐 나온 피폭자들의 행렬을 보고 마치 『왕생요집』의 세계를 보는 것 같았다고 쓴 어느 부인의 글을 읽었다. 이는 개인의 죽음과 세계의 종말이 함께 뒤얽힌 시대인 현대의 핵 공화국의 죽음에 얽힌 인식 전환을 포착한 기념비적인 글이라고 해야 할 것이다. 즉 한 인간이 그 개인적인 영혼의 구원을 위해 서방정토를 냉정하게 바라볼 때, 그 길잡이가 되는 책에서 극명하고 집요하게 묘사된 지옥의 상황도 역시 한 인간의 개인적인 죽음과 마주한 영혼의 구제를 거울의 뒷면으로 비춰 내려고 한 노력이 아니었을까.

그러나 개인적인 죽음과 같은 규모에서 출발한 종말이라

는 상황이, 핵폭발이란 현실화를 통해 구체적인 세계의 종말과 직면하게 된 것이다. 그 전환을 히로시마에서 있었던 핵폭발 직후에 감지한 한 부인은 그 내부에서 깊이 잠재되어 있던 『왕생요집』이 발하는 빛의, 급격한 변형을 깨닫게 되면서 두려움을 느끼며 탄식했다.

어느 마소수레를 끌던 사람이 자동차가 숲 골짜기 마을을 완전히 침범한 현재까지도 살아 있다는 이야기를 들었지만, 그가 한밤중에 난동을 부리며 소리를 지르거나 길가를 지나다닌다면 과거와 같이 무관심하게 듣고 흘릴 수 없는 시대가 되었다. "악착같이 일해도 핵폭탄이 터지면 지구는 끝장이 난다, 하하하!"라고 말이다.

나 자신 또한 유년기부터 소년기로 변화했던 시기에 이과생으로부터 배운 것을 마음에 새기고, 정말 나의 눈과 의식에서 세계의 끝이 시작된다고 느끼며 다른 가능성이 없다고 생각되면 그것은 내가 발광한 것이기 때문에, 즉시 목숨을 끊어 치욕을 최소한으로 만들겠다고 생각했으나 지금은 그것은 수정해야 할 행동의 원칙이 되었다.

다시 말하면 나는 지금 세계의 끝이 시작되었다고 결론을 내려야만 하는 관찰을 지속한다면 어떻게 될 것인가 하는 문제이다. 신경 안정제를 다량 복용하고 재차 발광할 기미가 있는지 스스로 진단하고, 어디선가 핵 공화국의 권력자가 그

충신인 컴퓨터를 통해 세계의 종말을 일으킬 만한 버튼을 누르게 되지 않을까(우발적인 사고도 포함하여!), 다시 검토해 본 후에는 다음과 같은 두 가지 선택지가 존재한다. 개인적으로 광기를 일으켰다고 판명된 머리를 총알로 쏘거나, 아니면 미 대륙, 아프리카 대륙, 또 유라시아 대륙, 그리고 섬나라 사람들 모두 열풍과 충격파가 가져오는 순간적인 죽음이나 혹은 방사능으로 고통을 받으며 오래도록 죽음을 기다려야 하는 두 가지 선택지만이 주어진다.

어두운 미래

나는 이러한 종말관을 지탱하는 염세주의를 다시금 내 안에서 인정하면서 유쾌하게 느끼는 것이 아니다. 더욱이 비슷하게 역겨움을 유발시키는 독으로 가득 찬 낙천주의자들도 지금은 그들 나름대로 독자적인 종말관 이미지를 그려 내려고 활동하기 시작한 것이다. 이른바 미래학 전문가 중 어떤 자는 아이큐가 일정 수준에 도달하지 못한 사람들이 미래 사회에서는 도태될 것이라고 표명했다. 온화하게 그리고 강제적이지 않은 방법이 요구된다는 주석을 덧붙이고 있다. 그러나 아이큐가 낮은 사람을 강제가 아니면 어떻게 도태시킬 수 있단 말인가.

나는 정말 그렇게 도태당할지 모를 아들을 데리고 특수 아동의 교육과 연구를 수행하는 시설에 검사받으러 갔다가 대기실 긴 의자에서 비슷한 조건의 아이를 데리고 온 동년배의 학부모로부터 이 '학설'에 대해 들었다. "그렇게 되면 독일의 나치 체제에서 유대인이 숨을 곳을 찾는 것처럼 아이큐 낮은 사람이 도망칠 수 있을까요?" 두 학부모는, 그러니까 나와 다른 아버지 어느 쪽도 조건은 아이큐가 낮은 아이를 둔 완전히 같은 상황이지만, 아무튼 둘 중에 누군가가 말했다.

아니, 그건 할 수 없는 일이죠, 숨어서 조용히 지내도록 훈계하는 것은 곤란합니다. 그렇다면 강제수용소에서 하던 것처럼 하게 될 까요? 그렇게 생각하면 너무 절망적이네요. 나는 아이큐가 낮은 사람들과 그 아버지들이 반란을 일으켜 그들의 공화국을 만들지 않을까 생각합니다. 물론 미래의 정부는 핵무기로 위협하고 아이큐가 낮은 사람의 공화국을 몰아서 '아이큐 전쟁' 비슷한 것이 일어나고 지구는 망하겠지요. 그때 마지막 인류는 아이큐가 높은 자들만 있었다면 인류는 망하지 않았을 텐데, 라고 탄식할지 모릅니다. 그런데 그건 너무 절망적이지 않습니까?

나의 청춘기에 『강제 수용소에서의 인간 행동』이란 책을 통해 세계의 종말을 초래할 인간의 방대한 광기로 얼룩진 20세기 현실을 접했다. 이 책은 소위 미래학 전문가를 양성하는 사회학 연구자들을 통해 번역된 것이다. 여기에는 하인리 힘러Heinrich Himmler의 다음과 같은 견해가 인용되어 있다.

> 제군이 강제 수용소를 볼 때, 제군은 이들 인간이 모두 부당하게 그곳에 감금된 것이 아니라는 사실을 확신하게 될 것이다. 그들은 범죄의 세계, 그리고 인간이 범한 실수에 책임을 져야 할 인간 쓰레기이다. 이런 강제수용소만큼 (…) 유전과 인종의 법칙을 증명하는 명백한 증거는 없다. 뇌수종을 앓는 인간, 사팔뜨기, 기형아, 유대인 혼혈아, 인종적으로 열등한 인간이 경악스러울 만큼 몰려 있다는 사실이다. (이와나미서점)

저자 E.A. 코헨Cohen의 분석에 따르면, 힘러의 이런 사고방식, 이런 종류의 나치즘 이데올로기에 따라 나치 친위대원의 초자아가 그들에게 해충들을 죽이라고 명했을 때, 그들은 유대인·폴란드인·러시아인을 학살하고 이를 통해 그들 자신의 일상생활을 영위했다. 미래 사회에서 친위대원을 위한 초자아란 어떤 성격을 갖게 될 것인가.

파스칼의 계시

또한 청춘의 시작에서 나는 인간의 광기에 대한 계시의 말을 발견하려고 반복하여 생각했다. 하지만 그것은 기독교적인 것이 아니라 열중하고 있던 파스칼을 통한 것이었다. 그것은 나의 내부에서 다양한 말로서 살아 있을 뿐 아니라, 그 후 내가 현실 세계에서 경험한 것과 관련하여 특별한 무게를 더했다.

> 인간에게는 반드시 광기가 있기에 광기가 보이지 않는 사람도 달리 보면 광기가 발견되는 것이다. (하쿠스이샤)

처음으로 『광세』를 접한 번역서를 다시 펼친 나는 앞서 언급한 문장에 붉은 펜으로 밑줄을 친 흔적을 발견했다. 그것은 대체 청춘의 시작에 서 있던 나에게 어떠한 예감을 하게 만들었을까.

여기서 인용한 문장에서 확인한 파스칼의 말처럼 "동물의 모든 행위보다 사고에 가까운 효과를 내지만 동물처럼 의지를 갖는 무엇도 행하지 않는" 계산기 프로그램, 산업 국가의 초차아 따위의 요소가 아니라 인문주의자적인 반성이 도출될 수 있을 것인가.

만약 세계의 끝에 앞서 나 개인의 죽음이 찾아온다면 나는 목사를 부르는 대신 병실 침대에 누워 '미래 사회'의 가장 대표적인 컴퓨터 프로그램 제작자에게 편지를 보내, 사후의 허무란 질문에 대해 답장받기를 원하게 될 것이다. 만약 수많

은 위독한 환자들로부터 같은 문의가 쇄도하여 프로그램 제
작자가 몹시 곤혹스러운 상황을 맞게 된다면, 내게는 가장
현대적인 세례가 부여되는 기회가 되지 않을까.

7. 황제여, 당신에게 상상력이 없다면
더 이상 할 말이 없습니다

열정과 수난

어느 대낮에 한 남성이 골짜기 여교사의 집에 들어가 토방에 서서, 눈앞에서 앉아 있던 여교사에게 특별히 어떠한 말도 걸지 않고 갑자기 수직으로 뛰어올랐다. 여교사를 습격한 것이 아니다. 그는 그저 수직으로 점프했다. 그런데 남달리 큰 몸집이었던 그는 점프력 또한 굉장해서 그는 바로 위 문틀에 돌출된 못에 부딪혀 두개골이 깨졌고 토방에서 쓰러져 다량의 피가 흘렀다.

위급 상황을 알리는 자가 있어 그 장정의 아버지가 서둘러

도착했다. 여교사는 화로 옆에 앉아 토방을 내려다보며 꼼짝하지 않았다. 그것을 수상히 바라보는 노인을 향해 여교사는 아주 간단명료하게, "뛰어오르셨는데요!"라고 말했다. 일반화해서 이야기하면, 불쌍하게도 우리 골짜기 마을의 경솔한 사람들은 이러한 냉철한 비평의 말로 항상 그 모험심을 잃게 된 것이다.

'가이나ガイナ'라는 말은 골짜기 마을에서 종종 비평할 때 쓰이던 방언으로 그 출처는 비교적 명료하다. 에도시대 소설 『히자쿠리게膝栗毛』의 용례로 '가이니がぃに'라는 말을 사전에서도 찾을 수 있다. '대단히'라는 뜻의 '가이니'라는 방언의 의미와 이어지는 '가이나'라는 말은 우리 지방에서 일상어로 남아 있던 것이다.

예를 들어, 골짜기 마을의 한 남자가 어느 날, 유별나게 부지런히 일하려는 패기를 보였다고 하자. 그를 향한 온화하고도 냉정한 방관자의 말이 잠시 불타올랐던 노동을 위한 모험심에 찬물을 끼얹는다.

"가이나네야(대단하네요)?"라고 방관자는 말한다. 너무 거창한 것은 아닌가, 라고도 일반화하여 할 수 있는 말을 굳이 온화하고도 냉정한 투로 말하는 것이다.

문틀에 돌출된 못에 부딪히기까지 어떤 목적도 없이 오로지 기묘한 열정에 이끌려 뛰어오른 장정도, 만약 그 여교사

옆에서 골짜기 마을의 한 남자가 앉아 그가 점프하기 직전에 "가이나네야!"라고 외쳤다면 그의 우람한 다리는 점프력을 잃었을 것이다. 그 결과, 머리에 불분명한 욕구 불만은 남았더라도 두개골이 갈라지는 일은 없었으리라. 그는 결국 열정을 발휘할 수 없게 되겠지만, 그 대신에 수난을 당하는 일도 없다.

만약 골짜기 마을을 떠나지 않았더라면 나 또한 열정에 사로잡히지 않을 일을 생활의 기반으로 하는 인간으로 생애를 보내게 되었을 것이다. 나의 골짜기 마을에서는 일찍이 여러 번의 농민 봉기 지도자를 배출했다. 그리고 그들의 난폭한 육체=영혼이 하나가 되는 상상력의 해방을 아이들은 가장 즐거워했고, 그러한 의미에서 진정한 상상력의 축제가 어른들에게 공유되는 일은 없었다.

과도한 열정에 사로잡히지 않고 또한 이상할 정도로 상상력의 폭발을 일으키지 않도록 노력하는 인간만이 골짜기에서 계속 살아갈 수 있었다. 기질이 유전적으로 도태되는 것이라면 결국은 아마도 그러한 성격의 사람들만이 골짜기를 차지하게 되었으리라 생각한다.

숲속 골짜기에서는 그렇게 허용되지 않았던 광기와 같은 열정과, 나는 활자 너머의 어둠에서 다시 확실하게 재회했다. 그리고 그때마다 다시금 골짜기에서의 열정이란 일종의 기피

대상인 것을 깨달았다. 특히 자기 파괴에 이르는 외길을 빠르게 달려가는 듯한 열정을 말이다. 그런데 그러한 열정이야말로 나의 유년기·소년기의 죽음이란 공포와 평균을 이루는 무게와 넓이를 갖고 있었다는 사실을 청년기에 처음 직관적으로 인식한 것이었다. 내가 골짜기를 떠나 작가가 된 인간으로서 지금 상상력의 세계에서 행하는 작업, 또한 지속하려고 하는 작업은 단적으로 말해 이 직관 위에서 성립된 작업이라고 말해야 할 것이다.

자기 파괴에 이르는 외길은 열정의 고양에 사로잡혀 올라가는 오르막길인 동시에 열정이 식어 점차 하강하여 식어 가는 내리막길이기도 하다. 자진해서 경험하는 이상할 정도의 심리적 고양과 열정을 상상력 세계의 큰 틀로 삼는 작가가 때로는 어쩔 수 없는 열정의 하강에서도 예리한 상상력을 발휘한다는 점에 특별히 주목하고 싶다. 그것은 자기 파괴를 향해 급속하게 감정이 고조되는 외길에서 필름을 되감기로 보는 듯한 인상, 즉 완전히 방향성은 반대이지만 실제로는 똑같은 것이라는 기묘한 인상을 전해 준다.

헤밍웨이의 죽음

헤밍웨이는 킬러들이 가까이 다가와도 외출복을 입은 채 벽을 향해 누워 있는 큰 몸집의 스웨덴 남자에 대한 글을 썼다. 은퇴한 권투 선수가 갱단이 고용한 킬러에게 쫓겨, 이제 아무리 도망칠지라도 살아남을 수 없기에 그곳에서 킬러들이 오기를 기다린다고 하는 통속 영화풍의 스토리였다. 이러한 줄거리가 내게 할퀸 상처처럼 충격적인 인상을 남긴 것은 아니다.

어느 날, 그가 일단 외출복으로 갈아입었지만 집을 나서려는 결심이 서지 않아 가만히 누워 있는 장면에 나는 가장 날카롭게 찔린 듯한 인상을 받은 것이다. 갱단에게 쫓겨 저항할 힘을 잃은 남자라는 설정은 텔레비전 드라마를 만드는 제작자들이라도 생각할 수 있는 것이다. 외출복으로 갈아입으면서 아주 조금 기분이 고조되긴 했으나, 밖으로 나설 기분으로 바꾸지 못하고 침대 위에 드러누운 남자의 이미지에서 바로 미래의 나 자신을 발견하고 실로 불쾌하고도 근원적인 공포를 느꼈다.

헤밍웨이는 엽총으로 자신을 쏘려고 했고, 비행기에서 뛰어내리려고 했고, 계속 회전하고 있는 프로펠러를 향해 뛰어드는 등, 집요하게 자살을 시도했다. 그런 시도 끝에 그것도 새벽에 입·턱·뺨 모두 남김없이 끔찍하게 자신을 파괴했다. 그의 엽총 자살을 알리는 외신을 접했을 때, 내가 혼자 있다는 것을 참기 어려울 정도로 공포스러웠다. 그때 생각난 것이 바로 몸집이 큰 스웨덴 남자가 외출복을 입은 채 근심스러운 듯 침대에 누워 있는 광경이었다.

헤밍웨이와 함께 미국적인 또 다른 작가가 쓴 단편 소설에서 읽은 영화 프로듀서의 매우 짧은 유서가 나의 의식에서 떠나지 않았다. '침대의 무사'라고 소문이 났던 그는 타인에게 이해받을 수 없는 자살을 했다. 사실 그 유서의 한 줄, "매년 나는 점점 더 우울해지고 있다."고 적은 부분은 노먼 메일러 Norman Mailer가 쓴 가장 중요한 문장 중 하나가 아닐까 하고 생각했다. (시그넷 북스)

돈키호테와 세르반테스

20세기 미국의 전반과 후반에서 각각 비슷한 역할을 대표하는 이들 두 작가가 모두 경의를 표할 수밖에 없었던, 16세기 말부터 17세기까지 활동한 스페인 작가도 역시 비슷한 영향력을 갖는 히스테릭한 문장을 남겼다. 내가 그것을 떠올릴 때마다 배후의 어두운 구석에서 항상 어떤 눈으로부터(이 작가가 만들어 낸 영웅은 인류의 상상력의 역사에서 가장 유명한 광인

일 것이다), 감시당하는 기분을 느끼게 만든다. 대단히 광기로 찬 열정이 고조되는 편력 이후에 그 영웅이 맞서는 죽음을 이야기하기 위해 작가는 다음과 같이 시작하고 있다.

> 인간에게 얽힌 사정은 모두 영원불변한 것이 아니다. 항상 처음 부터 마지막 결말까지 끊임없이 하강을 지속하는데, 특히 인간의 생명이라면 더 말할 것도 없다.

그리고 영웅은 "나는 이제 곧 죽을 것 같은 기분이 든다. 그러나 광인이란 이름을 남길 정도로 내 생애는 불행하지 않 았다는 걸, 타인에게 알릴 만한 그런 죽음을 택하고 싶다. 그 래, 나는 실수했지만 적어도 나는 최후에 그것을 정말이라고 인정하게 하고 싶지 않은 것이다."라고 말한다. 그것은 "마 음의 근심과 권태로움이 그의 생명을 빼앗아 갔던" 때의 일 이다. 광기에 사로잡힌 그에게 조금이라도 끌렸던 주변 사람 들은 그가 꺼림칙한 '새로운 광기'에 빠졌다고 믿었다. 그러 나 그들은 영웅이 사실, 죽을 지경에 이른 것, 그리고 정말 제 정신으로 돌아왔다는 것을 결국 인정해야 했다. "그가 정말 죽어 가고 있다고 그들이 추정한 근거 중 하나는 이렇게나 빨리 광기에서 제정신으로 돌아왔다는 사실"이었다.

죽음 앞에서 영웅이 몹시 자각적으로 "나의 광기 시대에

부하로 삼았다"고 칭하는, 그러한 편력 속에서도 언제나 제정신이었던 몸집이 작은 남자는 울면서 영웅에게 하소연한다. "님이여, 나의 소중한 님이시여, 죽지 말아 주십시오. 그보다도 저의 충고를 들으시고 장수하여 주십시오. 이 세상인간이 인간으로 할 수 있는 가장 심한 광기를 가진 자는 누구도 죽이지 못합니다. 근심하는 것 말고 그런 사람은 죽일수도 없는데, 이렇게 그냥 죽는단 말입니까." 그러나 부하의말은 그 주인을 위한 판단으로 항상 결국 옳았듯이 이 경우에도 절망적으로 옳았고, 마음의 근심은 주인을 죽였다.

용감한 무사 이곳에 잠들다.
극한의 그 용기는
죽음의 신도 당신의 생명을
죽음으로도 얻지는 못했노라고
세상 사람은 후세에 전하리라.
생전에는 세계를 아래에 두고
온 세상이 당신을 두려워하여
언제나 겁에 질려 떨었다.
이렇게 행복을 얻었도다.
광인으로 세상을 살고
온전한 정신으로 세상을 떠났다.

이러한 묘비명과 함께 이 소설 작가는 마지막 작별의 인사 앞에서 다음과 같이 쓰고 있다.

　　돈키호테는 오직 나를 위해 태어났고, 나도 그를 위해 태어났다. 그는 행동할 수 있었고, 나도 그것을 쓸 수 있었다. (츄오코론샤)

이 말은 다시 이 작가가 생애를 통해 보여 준 행동에 대한 다양한 일화를 떠올리게 한다. 조르주 뒤아멜Georges Duhamel 에 따르면 작가 세르반테스의 탄생은 현실 생활자로 살았던 그의 생애에서 거의 마지막 때에 시작되었는데, 세르반테스 라는 인간은 참으로 역설적인 모순으로 가득 찬 행동가였다.

청년 시절, 그는 레판토 해전에 병사로 참전했다가 부상으로 왼손의 자유를 잃었다. 게다가 포로가 되어 알제리의 감옥에서 비참한 세월을 보내야만 했다. 뒤아멜은 동시대인의 증언을 참고하여, 탈주를 시도하고 실패하기를 반복하며 적에게도 만만치 않았던 젊은 세르반테스의 인격에 대해 다음과 같이 썼다.

　　자기 목숨을 걸고 모두가 의기투합하도록 힘썼다. 그렇게 위험한 시도로 그는 네 번이나 생명을 잃을 뻔했는데 — 즉 신체 관통형, 교수형, 화형에 처할 수 있다 — 이러한 고난으로부터 다수의 사람을 구해 내려고 한 그의 행동을 숭배한 것이다.

무엇보다 뒤아멜은 처음부터 모순적인 세르반테스의 생애를 이야기하고자 했기 때문에 그에게 '완전한 인간'과 같은 초상을 위조하여 글을 마칠 리가 없다. "그런데 이러한 미덕은 계속 이어졌을까? 계속된다면 너무 아름다운 이야기가 된다. 세르반테스는 거대한 불행 속에서 위대했다. 인간이란 존재는 보잘것없는 비극에서도 여전히 위대할 수 있을까? 이것은 분명 더욱 곤란한 문제이다."

그가 몸값을 지불하고 귀국한 후를 다음과 같이 설명한다.

> 평범하거나 자신감 없이 불안하게 생활했다. 살기 위하여 그는 가련하고도 불쌍하게 여러 직업을 전전하게 되는데, 그중에는 불명예스럽다고 할 만한 일도 있었다. (…) 결국, 세르반테스의 거의 모든 생애는 오류와 패배의 아슬아슬하고 우울하기 그지없는 정경을 우리에게 보여 준다. 그리고 그것이 계속되었고 노년기의 문턱까지 이어졌다. 그런데 빚 때문에 세비야의 감옥에서 죗값을 치르는 힘없는 불구인 노인이 대단한 일이야 할 수 있겠냐고 모두가 의심할 때, 갑자기 유례없는 걸작이 예고된 것이다.

뒤아멜은 그러한 세르반테스가 특히 돈키호테의 등장을 알리는 제1부를 발표한 후, '정신 상태가 변화하고 점차 쇠퇴해 가는 나이에 이르러 단절된, 그것도 잠깐의 사건이 아니라 10년이 넘는 생활과 그 시련의 세월을 통해 단절된' 후

완성한 제2부를 평가하면서 특히 온전한 정신으로 죽음에 가까워지는 '인간미 있는' 돈키호테를 통해 용감함과 비겁함, 고결함과 야심가다운 행동을 동시에 보여 준다고 말한다. 또한 항복하거나 타협하고, 폭력 앞에서 침묵하기도 하는 모순으로 점철된 돈키호테의 궤적을 서술한 뒤에 다음과 같이 덧붙이고 있다.

> 나는 이 환자에 대해 성실히 조사를 마친 끝에, 설사 미치광이라 해도 '돈키호테'는 자신의 광기를 확실히 알고 있었던 사람이라고 생각한다. 그는 자신의 정신 착란을 유쾌하게 방관하고 있다. 점차 놀라울 만큼 병세가 완화되어 갔는데, 그 사이에 그는 자기 비판도 행하며 동시에 광란을 즐기기도 했다. (『문학의 숙명』 소겐샤)

이 세르반테스의 이야기에 네덜란드의 인문학자 에라스무스Desiderius Erasmus도 함께 언급하면서 르네상스의 '두 거장'을 다루었다. 이렇게 두 인문주의자를 이야기한 글을 1940년에 처음 일본어로 번역한 사람은, 덮쳐 오는 전란의 시대를 응시했던 프랑스 르네상스의 전문가였다. 이 사람은 그의 내부에 있는 상승 지향과 하강 지향, 광기를 역행하는 힘과 광기를 뒤따라가려는 힘, 위대함과 열등함의 두 가능성을 아울러 갖춘 자였다. 이러한 개인을 통해서 이제는 고서점에서도 구할 수 없게 된 책의 온전한 해석이 탄생한 것이다.

가장 프랑스적인 인문주의자의 돈키호테 해석과는 조금 다른 관점을 함께 언급하지 않으면, 인문주의자들의 세계를 동경하면서 초라한 어둠을 오가는 나와 같은 작가의 글에 어울리지 않을 터이다. 돈키호테를 둘러싼 '최대의 문제, 스페인이란 무엇인가'를 생각한 철학자는 다음과 같이 말했다.

"유혹자들은 나에게 모험을 끌어낼 수는 있을 것이다. 단, 노력과 힘만으로는 무리일 것이다." 그는 생각하는 사나이였다. 그것이야말로 그의 유일한 현실이니, 그 주위에 왜곡된 망령들의 세계가 출현한 것이다. 신변의 것들은 전부 의지를 발동시키고 마음을 타오르게 하며, 열광적으로 내달리기 위한 구실에 불과해진 것이다. 그러나 격렬한 영혼의 내부에서도 이윽고 스스로 행동에 대해 물러설 수 없는 의문이 고개를 드는 순간이 찾아온다. 세르반테스가 슬픔의 언어를 쏟아어 쌓은 것은 그때였다. 이 소설에서 58상부터 마지막까지 전편을 지배하고 있는 것은 비통함이다.

"우수에 잠긴 시인은 말한다 — 우울한 나머지, 밥이 목구멍으로 들어가지 않고, 슬픔과 우울함이 차올랐다." "죽게 해 다오, 라고 산초에게 말했다. 나의 사상에 순교하게 해 주게, 나의 불행을 위해서."

여기서 처음 그는 풍차를 풍차로 이해했다. 아무튼 이러한 노력하는 인간이 보여 주는 고통으로 가득 찬 고백을 듣기 원한다. 즉 "솔직히 내가 혼신을 다해 달성한 것이 무엇이었는지 나는 모른다, 내가 노력해서 얻은 것이 무엇이었는지 나는 모르고 있다."고.

(겐다이시쵸샤)

뒤아멜은 돈키호테에 대해 훨씬 이전부터 "풍차를 풍차로 이해하고 있다"는 부분에서 인문주의자적인 세계의 인간으로 간주하고 있었다. 나도 이러한 관점에 동의한다. 그러나 스페인 철학자인 오르테가José Ortega y Gasset가 비극적이고 열광적인 '노력' 후에는 하나의 길, 애통의 길로 갈 수밖에 없다는 젊은 시절에 발견한 인식은, 인문주의자로 향하는 길 멀리서 항상 흔들흔들 위험한 평형 감각을 유지하려는 나에게 친밀한 해석이 되었다.

최대의 문제, 애통이란 무엇인가? 죽음의 문턱에서 애통하며, 만년의 세르반테스를 덮친 "항상 그 처음부터 마지막 결말까지 끊임없이 하강해 가는 것"에 대한 비통한 인식, 죽음을 앞두고 무익한 온전한 정신으로 돌아와 광기의 모험 편력을 끝낸 울적한 기마 무사의 이미지에 나는 완전히 굴복당했다.

세르반테스의 피를 이어받은 것이 자명한 두 미국인 작가에 대해 이야기하자면, 극심한 우울로 나타나는 예리한 통찰이 실로 확실한 설득력을 갖추고 있고 죽음에 대해 근원적인 인식으로 분명 세르반테스와 이어진다. 이러한 의미에서 나에게 가장 뿌리 깊은 공포를 느끼게 한 묘비명으로 다음 두 줄이 선명하고 짙게 새겨져 있었다는 것을 다시 기록해 두려고 한다.

광인으로 세상을 살고
온전한 정신으로 세상을 떠났다.

돈키호테의 경우가 아니더라도 일반적으로 광인으로서 삶을 살고 오랜 세월 후에, 온전한 정신으로 회복한다는 것은 어떠한 경험일까, 그런 소문을 들을 때마다 나는 개별적인 사례에 절실한 관심을 쏟을 수밖에 없었다. 광기는 영혼의 죽음이다. 더욱이 이 영혼의 죽음은 조금씩 압도되는 절박함으로 육체를 침투한다.

나는 새끼 원숭이가 죽지, 어미 원숭이가 발광하여 시체를 떠나지 않는 이야기를 떠올렸다. 단지 새끼 원숭이가 죽었다는 사실을 깨닫지 못한 어미 원숭이의 행위였을지도 모른다. 나는 이 사건에 대해서 젊은 동물학자의 보고 기사를 오려서 얼마간 갖고 있었다. 그 과학 기사는 상당한 파급력이 있어 반복적으로 나를 불안하고 숨 막히는 악몽의 긴 시간으로 만들었기 때문에 결국 파기해 버렸다. 그래서 지금 쉽게 확인할 수 없지만, 이 사건을 떠나서 원숭이에게 광기도 인정된다는 사실은 학자가 기록한 내용이었다.

어쨌든 완전히 부패해 버린 죽은 새끼를 안고 있는 그 어미 원숭이 곁에 다가가자, 그 가공할 악취는 그것만으로 관찰자의 정신을 혼미하게 만들 정도였다고 하는데, 그것은 부패한 새끼 원숭이처럼 죽은 영혼을 안고 있는 인간의 육체는 괴사한 상태처럼 악취를 내뿜기 시작한다. 육체는 황량해진다. 영혼이 숨는 동굴이 인간의 육체 내부에 있다고 한다면 그곳에 광기가 찾아올 때 그 내벽은 다시 온화한 영혼이 돌아오지 못하는 상태가 될 것이다. 황폐한 내벽은 어렵게 다시 돌아온 영혼에 할퀸 상처를 남기게 될 것이 분명하다.

프란츠 파농의 정신분석학

정신분석학자 프란츠 파농Frantz Fanon은 흑인을 좋아하는 한 창녀에 대해 말했다. 그녀는 흑인과 성교하는 것을 상상할 때만(그것은 실제로 성교하기 전의 일이지, 성교 중이라는 것은 아니다) 오르가슴에 도달한다. 이 창녀의 성적 생애에 영향을 끼친 기묘한 개종의 사정을 파농은 다음과 같이 기록하고 또 분석했다.

그녀는 다음과 같은 이야기를 들었을 때부터 흑인 취향이 시작되었다고 한다. 어느 여자가 흑인과 잤다가 발광하게 되었고, 2년간 그 상태로 보냈는데, 치료가 끝난 후에는 결코 다른 남자와 동침하지 않았다는 이야기였다. 이 창녀는 여자가 어떤 식으로 미치광이가 되었는지 몰랐다. 그러나 그런 상황을 재현해서 다 말할 수 없는 비밀을 손에 넣으려고 혈안이 되었다. 창녀가 원한 것은 분명 성적인 차원에서 자기 존재를 파괴하고 해체하는 일이었다. 그녀가 흑인을 상대로 시도한 실험은 전부 그녀의 한계를 공고하게 했다. 오르가슴에 의한 망상에 그녀는 도달하지 못했다. 그녀는 그것을 체험할 수 없었다. 그래서 생각만으로 몸을 던져 복수하려고 했던 것이다. (미스즈쇼보)

나 또한 이러한 흑인과 동침하여 발광하게 된 여자의 이야기에 사로잡힌 창녀처럼, 믿기 어렵지만 열정이 고조된 끝에 발광했다는 인간의 이야기를 들으면 평정심을 유지하기 어려웠다. 일반화해 말하면, 나는 열정의 차원에서 내 존재의 파괴, 해체의 어떤 형태를 현실적으로 상상하고 있었다.

머리부터 발끝까지 완전히 광기로 사로잡혀 버리는 것이 두려웠기 때문에, 나는 고찰과 실험의 범위가 몹시 한정되어 있었다. 그 점에서 그 창녀의 행동은 얼마나 용감한가. 광기에 빠졌다가 탈출한 여자의 이야기 전체를 알면서도 그녀는 몇 번이고 절대 까닭 모를 어둠을 기다리는 자기 존재의 파괴,

해체의 순간을 불러들여 두려운 오르가슴을 향해 끊임없이 실험한 것이다. 단적으로 광기를 두려워한다는 점에서 나는 이 흑인 취향의 창녀와 전혀 다르지만, 심연에 선 인간이 벼랑 끝까지 걸어 나가지 않을 수 없듯이 몇 번이고 그 광기에 이를 정도의 열정적 고양감에 끌려가는 자신을 긍정적으로 의식했을지 모른다. 성적인 차원에 다가가서 비유하면 나는 독방에 연결되어 이성으로부터 물리적으로 분리되어 있든지, 혹은 극단적으로 불감증을 앓는 여자를 홀로 돌보는 것과도 같았다.

중독에 관하여

내가 자주 반복해 온 어리석은 만취조차 때로는 그러한 지향에 이끌리기도 했다. 아무도 없는 서재나, 여행지의 호텔에서 나는 오직 어떤 혐오감과 함께 그 맛을 느낄 수도 없을 정도의 센 술을 마시며 홀로 처절하게 취해 갔다. 나는 그런 상승하는 취기의 정점에서 머릿속 불덩어리를 태울 때마다 붉은 텅스텐 코일로 표면화되는 듯한 확실한 분기점과 같은 존재를 발견했다.

그것은 A라는 길을 선택한다고 했을 때, 이 폭력적인 자기 파괴의 만취 상태를 더욱 가속시켜서 그것이 결국 거짓 열정에 불과해도 어쨌든 그러한 고양감 속에서 죽든지 의식이 없어지거나 하는 것이다. 그리고 B라는 길은 다시 깨서 똑바로 머리조차 들기 어려운 우울한 내일로 들어가는 분기점이다. 술로 잠을 청하는 습관을 통해 나의 실험은 어떻게든 무사히 해결되었다고 할 수 있을지 모른다. 만취한 끝에 잠들게 되는 일은 죽음과도 흡사하고, 숙취의 우울감은 광기에서 깨어난 후에 찾아오는 약간의 허탈감을 상기시킨다.

원래 나는 무의미하게 활자 너머의 어둠에서 나를 멀어지게 하는 술을 20대 중반까지 혐오하고 있었다. 그런데 갑자기 위스키나 진과 같은 술과 급속히 가까워지게 되었고, 그것은 광기 혹은 죽음에 준하는 하나의 체험에 가까워지는 상태처럼 느끼게 되었다. 상상력의 뇌관이 불타 버리는 듯한 전압을 견딘 후(견딜 수 있었다는 것은 처음부터 죽음이나 광기를 경험하지 않았다는 뜻이 되시만), 내 머리의 컴퓨터 배신도는 술과 무의식과의 접속을 단순한 직선으로 나타냈던 것이 분명하다.

만취한 상태에 대해 진지하게 생각하는 일은 실제로 특별히 필요하지 않고 즐겁지도 않다. 집단적인 만취 습관에 대한 고찰을 제외하면, 술이 뭔가 인간의 내부에 대해 진실을 계시하고 있다고 생각할 수 없는 것은 마약의 경우와 마찬가지다.

단지 술이나 마약이 한 인간의 내부를 충전하기 위한 필수적인 재료가 되어 버려서, 우연히 그렇게 만들어진 중독자가 비록 극히 경미하더라도 금단 증상을 보일 때에는, 우리들은 그 우울하고 무력한 겉모습에서도 무언가 위기감을 느끼며 절박한 신호로 받아들인다. 사르트르의 말에 따르면, 그것은 본래 인간에게는 결핍된 부분에 대한 의식이 있어서 그 결핍감이 높아지면 결국 채울 수 없는 것을 계속 시도하는 존재임을 깨닫게 하기 때문일 것이다. 거짓 충족감을 맛보는 술이나 마약 중독자가 인간적 조건에서 본질적으로 추한 것도 그 점과 관련이 있다.

수개월 전에 외신은 베트남에 주둔한 특수 활동 부대에서 CIA 공작원이었던 이중간첩이 사살된 일을 보도했다. 해방 전선에서 이중간첩이었을 뿐 아니라 미국과의 관계성에서도 특수 활동 부대와 CIA의 이중 구조로 되어 있어서 가짜 껍질 속에 가짜 과육이 이중으로 숨긴 듯한 현실을 살았던 베트남인의 죽음에 관한 보도였다.

여기서 가장 그로테스크한 혐오로 몰아가는 부분은 이 남자가 무리하게 모르핀을 혈관에 투여하여 거짓 충족감 속에서 사살되었다는 세부 내용에 있었다. 심야에 노를 젓기 시작한 작은 보트 위에서 권총을 겨눈 살인자와 모르핀으로 거짓 충족감을 얻은 이중간첩은 분명 비좁게 무릎을 맞대고 있었을 것이다. 그리고 모르핀이 투여되지 않은 육체의 살인자는 완전한 각성 상태로 자기 의식의 결핍과 정면으로 마주해야만 했을 터이다. 허망하게 육상을 누비던 CIA의 전화로 그가 죽인 남자가 CIA의 이중간첩이었다는 사실을 알게 되고, 모르핀의 거짓 충족감과 탄환으로 사람을 죽인 이 살육의 때를 만약 그가 정상적인 인간이라고 한다면 어떻게 느꼈을 것인가. 이것이 어떠한 의미와 이유로도 정당화될 수 없다는 사실을 인정해야만 할 때, 살육자에게 존재하는 의식의 결핍은 어둠에서 돌출된 강한 촉수에 의해 어떠한 혼란을 맞게 될 것인가.

이러한 변호할 방법도 없는, 부정하고 추하며 무익한 살육을 자행한 인간이 역시 기독교 국가의 인간이어서 부디 나를 구해 달라고, 칠흑같이 어두운 하늘을 향해 눈을 들어 하늘의 신과 어찌 타협하려고 할까. 이번에는 자신에게 주사된 모르핀에 취하여 권총 자살을 꾀하는 것이 이 살인자에게는 가장 온당하고 익숙한 해결법이지 않을까.

그러나 지금까지의 보도에 한정하자면, 본국으로 소환된 이 특수 부대의 장교는 의아할 정도로 활기에 차서 가슴을 펴고 성큼성큼 가족을 향해 걸어가는 사진이 찍혀 신문을 장식했다. 그것에는 신과 이루어지는 어떠한 고통스러운 타협도 필요로 하지 않는 인간이 실재하는 듯했다. 그렇다 해도 어느 날 아침, 그가 마음이 우울해지기 시작한 중년이 된 자신을 발견하고, 이 베트남의 노련한 인간으로서 다시 한 번 이 사진에 나타난 광기와 같은 활력의 상태로 되돌리려 하는 것은 인간으로서 누구나 할 수 있는 일이 아니다.

이러한 예감과도 같은 것은 또한 허술하게 인쇄된 작은 사진에 빠짐없이 표현되어 있다고 생각되었다. 왜냐하면 어쨌거나 장교는 지나치게 활기찼기 때문이다. 메일러의 한 구절에서 가장 매혹적인 시구를 인용하자면,

To tell the sad dreary truth
슬프고 음울한 진실을 말하기 위해

소환된 킬러 장교는 어쨌거나 지나치게 활기찼다.

내가 활자 너머의 어둠과 관련해서 현실 세계와 가공의 세계를 어떻게 살아왔는지 이야기하고자 이 글을 써 왔고 지금 마지막 가까이에 이르렀다. 그것은 어둠 속의 원형 수조에서 계속 질서정연하게 헤엄치는, 절망의 여정 속에 있는 정어리 떼처럼 출구 없이 제자리 돌기만 하는 일임을 깨달았다. 나는 숲속 골짜기의 출발점으로부터 이러한 일련의 글을 쓰기 시작한 이상, 가공의 이야기든 불확실한 예감이든 어쨌든 간에 어떤 하나의 도달점을 향해 상승해 가거나 하강해 가는 방향

성으로 문장을 끝내야만 하고, 또한 그러기를 바란다.

구원이란 무엇인가

지금 나는 내가 축적해 온 활자 너머의 아직 숨 쉬고 있는 어둠으로부터 완전히 단절되었다고밖에 할 수 없는 구제라는 말을 갑자기 떠올렸다. 이것이 나를 사로잡고 있다는 사실을 인정하기 때문이다.

실제로 나는 당혹스러움을 숨길 수 없다. 활자 너머의 어둠에서 익사자를 찾으려고 탁한 물속 깊은 곳으로 돌진하여 마구 휘젓는 막대기와 같이 분명한 것과 불분명한 것이 뒤섞인 실체, 혹은 그 그림자를 밝혀내려고 계속 더듬어 찾기 위한 수단을 반복해서 확인한다. 그 속에서 나는 구원이란 무엇인가, 구제란 무엇인가, 라는 질문을 온전히 생각해야만 하는 단계에 서서, 가만히 어두운 수면을 내려다보는 남자인 것을 깨달았다. 솔직히 고백하면, 나는 이러한 성가신 말과의 우연한 만남이 이러한 일련의 글을 쓰는 사이에 발생할 것이라고는 미처 생각하지 못했다.

지금도 역시, 나는 구원이나 구제라는 말에 위화감을 느끼는 사람이다. 그것을 실제로 나의 손으로 적으면서 나는 반복적으로 저항을 넘어서야만 한다. 애당초, 나는 독서 경험은 말의 정통적인 의미에서 경험이라 할 수 있을까, 독서로 훈련된 상상력은 현실에서도 상상력이 될 수 있을까, 라는 질문을 내게 던지는 것으로 타인과 나의 활자 너머의 어둠으로 들어가고, 다시 올라와서 숨을 쉬고, 그리고 다시 어둠에 들어가는 작업을 시작한 것이었다. 혹은 반대로 활자 너머의 어둠으로 올라와서 심호흡을 한번 내쉬면 다시 숨이 막히는 현실 속 나 자신으로 돌아오는 운동을 반복해 온 것이다. 이 질문에 직접적인 답이 되는 단서는 다름이 아닌 이 운동 자체가 조금은 명료하게 보여 주었을 터이다.

조사 카드와 여권, 출입국 카드의 직업란에 작가라고 적기 시작한 때부터 나와 활자 너머의 어둠과의 관계는 이중 구조가 되었다. 그리고 나의 질문과 답은 앞에서 언급한 운동 그 자체가 형식을 결정했고, 나의 새로운 활자를 축적하는 과정에서 이루어지게 된 것이다.

또한 나는 이 글을 시작하면서 광기에 사로잡혀 활자를 잃어버리거나 죽음을 맞이할 때까지라고, 기록했다. 이 두 가지 다른 도달점의, 어느 쪽인가를 다시 확실히 상정하지 않으면 어느 하나 확실한 것을 말할 수 없는 것이 아닌가, 라는 의구심에 대해서는 기묘한 이야기로 들릴지 모르지만, 나는 그 극복 방법을 한 권의 SF를 통해 이야기할 수 있다. 실제로 나는 숲속에서 운노 쥬자의 상상력에 마음속으로 겁을 먹은 이래, 나의 근원적인 부분에서 반복하여 SF나 대중 과학서에 동요되어 국면 타개의 궁지에 몰리게 된 동시에, 제정신으로 살아남아 그곳을 도망칠 방법을 찾아왔다. 종종 SF와 대중 과학서는 내게 종교인을 통해 메울 수 있는 구멍을 간신히 보충해 주는 역할을 했다. 무엇보다도 그것은 치아의 실질을 계속 갉아 먹는 것을 완전히 제거하는 일 없이, 임시방편으로 금속을 씌워 버리는 온화한 치과의사의 작업처럼 언젠가 모두 회복 불가능한 상태로 갉아 먹힐 것을 극심한 통증과 함께 인정하게 되는 그런 보충일지도 모르지만.

지금 그것에 대해 이야기하려고 하는 SF는 거의 대중 과학서 저자들의 고질병이라고 생각되는 악의 없는 과장을 통해 뉴턴 물리학의 단일시간 축으로부터 해방되고, 우주의 탄생에서 종말까지를 응시하는 라플라스의 악마로부터 해방되어 가능해진 장르라고 SF의 해설자는 말한다.

> "양자론 입장에서 우주, 혹은 그 연장선 상에서 미래라는 것은 불확정성을 나타내는 작용양자의 인자에 의해 상당히 구체적으로 규정되어 있지만, 생물의 자유의지에 따라 변경될 수 있는 여유를 얼마간 포함하고 있다." 여기서 '다원적 우주'라는 사고방식이 출현하고 처음으로 가능해진 새로운 취향의 SF라는 선전 문구가 적혀 있었다. (『항시 군단航時軍団』 하야가와쇼보)

가능성으로서의 두 미래 세계에서 각각 미녀 한 명씩이 현재를 향해 타임머신을 타고 온다. 이들은 현재를 사는 하나의 생명체인 인간의, 자유의지에 의한 작은 선택에 따라 좌우되는 미래의 모든 가능성 속에 가장 강력한 두 세계에서 어느 쪽인가는 현실이 된다는 예측에 입각하여 어떻게든 미래의 자신이 존재한 세계를 현실적으로 더욱 가능성 있는 세계로 만들기 위해 공작을 시도하러 온 천하의 원수 두 사람이었다.

여기서 야기되는 큰 사건은 완전히 SF에 적합한 큰 소동과 SF의 세계에서는 매우 뻔한 기상천외한 이야기다. 그런데 이 SF를 다 읽어 가려고 하는 나의 내부에서 갑자기 깊이 찔러 오는 불타는 가시처럼 메시지는, 결국 A 미래 세계가 가능성의 전투에서 승리를 거둔 순간에 있어야 할 A 미래 세계와 이제 없어질 B 미래 세계가 한없이 가까워지면서 하나의 세계가 되어 격렬하게 싸운 두 미녀가 결국 동일 인물이 되어 버리는 광경으로부터 발생했다.

내가 광기를 향했던 것인지, 제정신으로 죽음에 이르기까지 어떻게든 살아 내려고 한 것인지를 끝없이 생각하면서 지금 나의 일에 개인적인 '다원적인 우주'인 미래로부터 오는 빛과 어둠을 비추고자 하는 나를 괴롭히던 딜레마는, 고리타분한 온갖 SF적인 착상 속에서 A 미래의 세계와 B 미래의 세계가 지상 최대 규모로 결혼한 것 같이 요란하게 두 세계가 하나가 되는 광경을 떠올리는 것으로 해결되었다. 이유는 알 수 없지만, 나의 내부를 향해 얼굴의 피부가 띄우는 미소와 함께 나는 딜레마를 해결했다고 생각한 것이었다. 나는 본질적으로 대중 과학서와 같은 인간일지도 모른다.

그런데 나는 구제·구원이란 말이 갑자기 나의 의식 정면에서 나타나 나를 완전히 장악하기 시작했다고 이야기했는데, 나의 개인적인 '다원적인 우주'에서 어떤 형태의 미래가 머지않아 결정적으로 강력한 가능성의 인자를 획득한다 해도 미묘하게 다른 색채와 형태를 갖춘 다양한 구제, 다양한 구원이 궁극적인 순간에 일치되어 하나가 되고, 나의 내부를 가득 채워 머무르게 되리라 생각한다. 나는 지금으로서는 "부디 구원해 주세요, 구제를 주십시오."라고 하늘의 누구에겐가 외치려 하는 것이 아니고, 본디 구제·구원의 계기를 제대로 얻으려고 하는 것도 아니다.

나는 지금, "너는 무슨 꼴사나운 말을 굳이 꺼내려고 하는 것인가, 그런 이야기할 시간에 이쪽으로 따라오지 않겠나"라고 두 방향에서 연민과 비난이 섞인 권고의 목소리를 듣고 있는 듯이 느껴졌다. 그중, 정치적인 인간으로부터의 목소리는 "결국 아시아란 무엇인가, 아시아에서 일본인이란 무엇인가"라는 문제를 추궁함에 따라 어떤 일본인도 피해 갈 수 없는 정치적인 태도 결정을 앞둔 방향성으로 확대되어 가는 목소리였다. 또한 종교적인 인간으로부터의 목소리는 근대 일본이 성립된 이래 처음으로 천황제 체제 전체를 내부에 포함하여 비대화를 보이는 추세에서 모든 일본인에게 역시 최종적인 종교적 태도 결정의 질문을 던져오는 방향으로 인류의 벽돌을 쌓아 올리는 목소리이다.

"너는 지금 구제·구원을 필요로 느끼기 시작했는가, 그것은 분명할 것이다, 너는 자신에게 내려진 극형의 판결을 명료하게 인식했기 때문이다, 그래서 너에게 마지막 기회를 주겠다, 우리가 있는 곳으로 상고하거라"라고 그들 양쪽의 목소리는 '다원적인 우주'의 미래로부터 들리는 목소리처럼 본질적으로 다르지만, 동시에 상당히 비슷한 울림으로 교대로 말을 걸어온다. 그러나 그들 목소리에 대한 나의 대답은, "피고인에게는 상고하지 않을 자유도 또한 있습니다."라는 재판관과 검사, 그리고 변호인, 모든 방청인까지 포함해서 모두를 허탈하게 만들 것이다.

가장 사실에 가깝게 타협할 수 있도록 이 구제와 구원이라는 말의, 나에게 나타난 것을 재현하면 다음과 같다.

"아, 그러고 보니, 구제·구원이라는 것도 있기는 했다, 이제부터 반복해서 그것에 대해서 계속 생각하게 되겠구나." 그러나 나는 그것을 향해서 숨을 헐떡이며 뛰기 시작하지는 않았다. 지금도 여전히 그것을 시도하려고 하지 않는다.

프란츠 파농이 기록한 이야기 중에서 흑인과 성교하고 발광한 여자의 이야기를 듣고 금세 그것을 모방하여 근원적인 자기 존재의 파괴·해체를 갈구하고 나아가 그것을 완수하지 못하자 온전한 제정신으로 흑인과 성교하기 전에 그것을 생각한 것을 통해서만 비참한 성적 흥분을 얻는 창녀보다도 나는 먼 곳까지 내다볼 수 있는 눈을 갖추도록 경험을 쌓아 왔기 때문이다. 혹은, 흑인과의 성교로 2년간 광기에 빠졌다가 이제 다시는 남자와 잘 수 없게 된 여성이 제정신으로 되돌아오고 나서 일상생활의 총체가 막연하게나마 거무스름하고 거대하게 떠오르는 것을 느꼈기 때문이다.

윌리엄 포크너의 작품 세계

그래서 도망치듯 또는 공격하듯이 하면서 나는 윌리엄 포크너William Faulkner를 읽기 시작한다. 포크너의 활자 너머의 어둠을 채우고 있는 극도의 열정을 향하여 허망하고 비극적으로 자신을 불태우는 불굴의 인간들을 나는 계속해서 경험하려고 했다. 가공의 토지에서 기괴한 열정에 사로잡혀 각자의 삶 그리고 죽음을 예리하고 강하게 발견하는 사람들의 군집을 향하여 나는 빠져들어 간다. 그리고 포크너가 완전히 종종 그 남자, 그 사람, 그, 그녀의 일을 세심하게 계속 이야기해 가는 제삼자를 통해서 그러한 열정의 과포화 상태로 살아가는 사람들, 혹은 열정의 압력 과잉이 지나친 나머지, 내부에서 폭발하는 죽음을 격렬하게 죽음으로 성취한 인간들을 묘사하는 것을, 자연스러운 결과라고 인정하게 되는 것이다.

그러한 열정의 순수한 결정체로 이루어진 핵을 갖춘 부류의 인간, 우리 인류에게 주어진 무수한 속성 중에 단 하나 열정만을 불균형하게 대량으로 받아들여 다른 속성은 모두 희생시킨 인간, 그들의 열정이 즉 그대로 그들의 수난이 되는 듯한 인간은 약간의 결정적인 말과 행동 이외에는 장황하게 자기를 표현할 여유가 없다. 또한 화자의 입장에서는 그러한 인간에 대해 계속 이야기하더라도 끝까지 전부 이야기할 수 없기 때문이다. 나는 그러한 부류의 난폭한 영웅과 이야기꾼의 관계 구조에 대해서 포크너의 이름조차 들은 적이 없었던 숲속 골짜기 유년기의 때에 이미 숙지하고 있었다고 느끼는 것이다.

그리고 지금, 나는 포크너의 열정과 수난의 혼연일체를 보여 주는 인간들을, 활자 너머의 어둠에서 경험하면서 활자 앞에 존재하는 세상 속의 내가 결코 단순한 착상과 같은 것이 아니라, 그러나 언제나 계속되는 실재라고 말하려는 것도 아닌, 예상하지 못했지만 일단 찾아오면 정말 기다리던 손님과도 같은 기쁨과 함께 자각되는, 아끼는 친구가 방문한 것처럼 느끼는 것이다. "아, 그러고 보니, 구제·구원이란 것도 있기는 했다, 이제부터 반복해서 그것에 대해 계속 생각하게 되겠구나."라고 (지금은 머릿속 한구석에서) 다시 깨어나 인식하려고 하는 나를 깨닫게 된다.

숲속 골짜기에서 떠난 그 순간부터 후퇴 불가능한 상태로 나는 완전히 나의 진짜 말의 토양으로부터 뿌리째 뽑혀 버리고 말았다. 나는 활자 너머의 어둠에서 상상력의 활성화 작용을 공급받아 생생하게 혈액이 순환하는 진짜 말을 발굴하기 위한 노력을 통해 뿌리 없는 풀의 불안에 맞서 살아왔다. 타인이 소유한 황무지와 같은 이 현실을 살고 있는 나의 중심을 확인하려면, 항상 먼저 활자 너머의 어둠에 나를 내맡기고 그것을 실행할 수밖에 없다는 생각에서 결국 나는 작가라는 직업을 선택하게 되었던 것이다.

히카리의 성장

나는 나의 첫 아이가 세 살이 되어, 아이는 벙어리가 아닌데도 불구하고 결코 능동적으로 말을 전달할 수 없는 인간이라는 사실을 결국 인정할 수밖에 없었을 때, 암담했지만 신비로운 안개 속에 휩싸인 듯한 마음 깊은 곳에서는 실로 그것을 당연한 일로 느끼고 있는 나를 또한 발견했다. 반복해서 언급했듯이, 실제로 목소리로 전달하는 말인 진정한 말이 뿌리째 뽑혀 버린 인간은 나인 것이 분명하고, 아이는 그러한 아버지의 아들이기 때문이었다.

그러나 어느 날, 텔레비전 앞에서 계속 침묵하고 앉아 있는 게 습관이 된 아이가 식사 때를 알리는 나를 돌아보았는데, 얻어맞을까 봐 두려운 듯이 한쪽 눈과 그 주변만이 아니라 입술 한쪽까지 일그러져 있는 것을 나는 보았다. 처음 나는 내가 습관처럼 아이를 때리는 난폭한 아버지여서 아이가 이렇게 반응하게 된 것이 아닌지 아무 근거도 없는 죄책감을 느꼈다. 그런데 머지않아 이 현상은 출생 직후에 대수술을 받은 후, 물고기처럼 오직 한쪽 눈만을 사용해서 사물을 보게 된 아이가 애써 아버지인 나의 얼굴을 확실히 확인하기 위해 그렇게 얼굴을 일그러뜨려 초점을 맞추려고 한 것을 알게 되었다.

더욱이 아이는 나의 얼굴 중에서 그것도 특히 집중해서 눈을 맞추려고 한 것이었고, 그것은 텔레비전에서 자주 나오는 안약 광고와 관련이 있었다. 어느덧 아이는 이 텔레비전 광고의 도안을 그대로 사용한 신문 광고에서 크게 적힌 '눈'이란 활자를 손가락으로 짚고, 그리고 얼굴 절반을 열심히 일

그러뜨리면서 아버지인 나의 눈을 확인 대조할 수 있는 수준에 이르렀다.

우리는 다양한 텔레비전 광고를 본뜬 신문 광고를 수집해서 대조하는 게임을 시작했다. 그러한 날들의 어느 밤 꿈에서 아이와 마주 보던 나는 '눈'이란 활자가 적힌 신문 조각을 집어 들고는 나의 눈을 오려 내어 거기에 붙였다. 코·귀·눈만 아니라 머리카락, 그리고 뇌까지 하나하나 제거하자 나는 손으로 찢은 신문 조각을 모은 종이처럼 얄팍한 머리를 어깨 위에 올려놓은 인간으로 바뀌어 갔다. 더욱이 나는 그 꿈속에서 나의 아이가 신문 조각 콜라주를 통해 바로 아버지인 나의 육체를 새롭게 인식하는 것을 느꼈다. 아이는 얼굴을 일그러뜨리고 하나하나를 확인하면서 나의 손가락이 도려낸 피투성이의 것을 열심히 먹는 것이었다.

"또 꿈 이야기인가, 도대체 몇 번이나 너의 숲이나 백일몽 이야기를 받아들여야 하나"라는 짜증스러운 목소리가 들려올지 모른다. 나는 내가 모르는 타인의 질문에 대해서가 아니라 어머니의 이와 같은 질문에 대해서 대답한 말을 기록해 두려고 한다.

이번 여름, 몇 주를 가족과 한 지붕 아래에서 보낸 후에 숲속 골짜기로 돌아가려고 하는 아침에 어머니는 아내에게, 만약 숲에 공항이 생기거나 시코쿠와 혼슈가 다리로 연결되더라도 이제 결코 숲에서 도쿄로 나올 일은 없을 것이라는 말을 남기고 떠났다. 이것은 나와 어머니가 자주 경험한 바처럼 몇 년 만에 다시 만나도 금세 앙숙지간인 듯이 서로 직접 말을 하지 않게 되었기 때문이기도 했다. 동시에 어머니는 아내에게 "작가 생활을 계속해서 대체 무슨 지식이랑 경험이 생겼나"라고, 활자와 상상력에만 의존하는 불확실한 내 삶의 방식에 대해 실망감이 섞인 불안과 의심의 말을 전했다는 것이다. 완전히 꿈만을 상대하는 인간이 되어 버린 것이 아닌가 하고 말이다.

온종일, 활자를 응시하다가 모르는 방문자나 전화를 늘 두려워하여 거친 목소리를 내기도 하고, 그러다 심야에 적은 분량의 글자를 쓰고, 결국 만취하여 잠들고, 다음날에는 어젯밤에 쓴 것을 폐기하는 이런 나의 생활을 어머니는 여름 내내 탐탁지 않게 생각하며 관찰하고 있던 것이다. 그래서 나는 아내한테, 지금의 직업을 갖게 되면서 정말 그 꿈을 실제적인 경험인 것처럼 받아들일 수 있게 되었다는 취지의 대답을 전화로 어머니에게 전해 주기를 부탁했다. 이것은 동시에 또 꿈 이야기로 돌아오는 것인가, 라고 묻는 모르는 타인의 질문에 대한 답이기도 하다. 가령 이 대답이 다시 실망과 함께 나를 딱하게 여기는 미소로 되돌아온다고 할지라도….

버나드 맬러머드의 『수리공』

이제 활자 너머의 어둠으로부터 환기되는 것을 두루 살펴보면서 기록해 온 이 글의 마지막 부분을 버나드 맬러머드 Bernard Malamud의 『수리공』을 통해 느낀 것을 이야기하며 마무리하려고 한다. 러시아 제국 말기의 한 지방에서 그의 직업에 필요한 도구만을 가지고 도시 키이우Kyiv로 나온 한 선량한 유대인이 이교도 아이를 살육하고 그 피를 짜내어 유월절 행사를 위해 빵에 적셨다고 하는 가공의 죄를 뒤집어쓰고, 반유대주의 운동의 희생양이 되어 언제 공판이 열릴지 모르는 옥살이를 하게 된다.

이것은 실로 두려운 고난이지만, 이 '고난의 무익함'을 명확히 인식한 때부터 그가 (실제로 광기에 빠졌다가 다시 회복하고 다시 절망하거나 무기력감으로 몇 번씩 죽을 고비를 넘기면서 다시 살아가는 나와 비슷한 나이인 이 유대인의 고난에 대해 충격을 느끼면서 계속 지켜본 것이지만) 결국 도달한 지점은 증오를 표출시키며 황제를 향해 직접적으로 자신의 언어를 내던지는 상황이라는 상상력의 전개이다.

결국 첫 공판이 열리게 되고, 또한 그의 사건을 통해서 반유대주의 운동의 책략이 나아가서는 러시아 전역에 퍼진 유대인 대학살의 실태가 세상에 밝혀진다. 그리고 과거 온순한 시골 사람들이었던 유대인은 생각지도 못한 다음과 같은 인식을 표출시킨다. 당사자인 그가 사람들의 인식을 바꾸기 위해 자기 생각을 강하게 주장하게 될 법정으로 가는 마차 안의 몽상에서 그는 황제와 대결하는 것이다.

> 그러나 어떤 유대인, 어떤 정통적인 유대인이라도 — 황제의 적, 황제의 희생자로 만들어 버린다. 황제가 충분히 공급해 주는 시체의 살해자로 뽑힌 자에게. 죄가 없는 자라 할지라도 투옥하고 굶기며, 짐승처럼 사슬로 벽에 묶어 두는 자에게. 어째서인가? 퇴폐한 나라에서는 죄 없는 유대인 따위는 존재하지 않기 때문이며, 국가의 퇴폐 중에 현저한 징후는 자신들이 박해하고 있는 자들에게 느끼는 공포이며 증오이다.
>
> 러시아에서는 반유대주의보다 더욱 큰 부정이 행해지고 있는 것을 오스트롭스키Ostrovskii는 상기시켜 주었다. 죄 없는 자를 박해하는 자들은 그들 자신도 절대 자유로울 수 없다. 이런 식으로 생각하게 되자 만족감을 느끼기는커녕 마음에 격렬한 분노가 일었다. (하야카와쇼보)

그리고 반유대주의자의 테러로 거의 파괴된 마차 안에서 적극적으로 몽상에 빠져 있던 그는 황제를 향해 당신은 결국 비참하게 생활하는 민중에게 존경받을 만한 통찰력이 없다고 절규하고, 결코 그것을 인정하지 않는 황제에게 "그렇다면 더 이상 할 말이 없다."며 권총을 겨누어 거대한 권력자를 쓰러뜨린다. 그 권총은 머지않아 역사 속 민중의 손에 단단히 쥐어진 현실이 된 권총으로 변하여 연속되는 단순한 환상을 넘는 행위이다.

여기서 통찰력이라는 말은 상상력으로 바꾸어도 문제는 없을 것이다. 또한 이 권총을 상상력의 권총이라 부른다고 해도 분노에 찬 유대인의 몽상 전체를 폄하는 일이 되지는 않을 것이다. 상상력의 탄환은 황제를 쓰러뜨리고, '역사에서도 역전할 길은 있다.'고 새로운 생각을 몽상하는 남자에게 부여한다. 사소하지만, 또 중요한 계기가 되는 것으로서 펭귄 북 판은 이 '길'이 복수형인 것을 덧붙여 두고 싶다.

내가 배워서 습득한 하나는 정치에 무관심한 인간은 없다는 사실이다. 특히 유대인의 경우는, 이라고 생각했다. 정치에 관심이 없어서는 인간일 수 없다. 그것은 너무 분명하다. 가만히 쭈그려 앉아 멸망에 처하는 대로 있을 수는 없다.

잠시 후에 그는 이렇게도 생각했다. 자유를 위해 싸우지 않는 곳에 자유는 없다. 스피노자는 뭐라고 말하는가? 국가가 인간성에 있어 꺼림칙한 방법으로 행동할 경우에 국가를 없애는 편이 작은 해악으로 끝나기에 더 낫다. 반유대주의자를 타도하라! 혁명 만세! 자유 만세!

그러나 결국 이것은 몽상 속의 연극이며 상상력 세계에 갇힌 행위가 아니냐는 질문을 다시 되돌려 받아야만 할까? 나는 숲속 골짜기에서 나와 선택한 작가라는 직업에 있어서, 어떤 지식과 경험을 얻었을까, 그것은 활자 너머의 어둠과 관련된 상상력의 지식과 경험에 불과하다는 자기반성의 문제를 확인해 두고자 한다.

구원의 상상력

구제·구원이란 말이 지금 나에게 절실한 의미로 환기되어 나타난 것을 이미 말했지만, 이 문맥에서 '말'이 글자가 될 때, 이미 나타나는 방법이 확실한 것처럼 이것 또한 나에게 활자 너머의 어둠에서 그 근원에 자리를 잡고 있다. 거기로부터 머지않아 현실 세계 속 나의 육체=영혼에 작용하기 시작할, 나아가 상상력의 계기라고도 말할 수 있는 것에 불과하다고 할 수 있다.

그렇지만 나는 옛날이야기 속 무법자들 그리고 의형제들과 마치 서약을 맺는 것처럼, 활자 앞의 현실에 사는 내 피부의 상처와 활자 너머의 어둠에 실재하는 내 상처에서 스며 나오는 피를 섞으려고 한다. 그렇게 해서 상상력에 가장 깊이 관련된 삶의 방식을 계속 선택해 나가는 행위를 현실 회피나 꿈속으로의 퇴행이라 간주하지 않는 점에서 적어도 나는 완고한 인간이다.

숲속 골짜기 꼬마였던 나 또한 이미 그러한 의미에서 충분히 완고한 인간이었고, 골짜기 마을의 시간을 뒤덮은 폭동 주모자의 환영을 따라 "황제여, 당신에게 상상력이 없다면 더 이상 할 말이 없습니다."라고 절규하는 몽상을 계속 반복하고 있기 때문이다.

미래를 향해 회상하다

오에 겐자부로

1

내게 숲이라는 주제는 『동시대 게임』을 통해 단단한 것이되었다. 그리고 그보다 앞선 『새싹 뽑기, 어린 짐승 쏘기』와『만엔 원년의 풋볼』에서도, 또 소설을 쓰기 시작했던 시절의단편 소설 몇 편에서도 중요한 역할을 해 왔다. 그러나 실제로 숲속 골짜기 마을에서 태어나 자란 나는 숲이란 주제를의식과 무의식이 혼재된 지점에서 인식하고 있어서, 오히려이제까지 숲의 주제란 무엇인가를 철저하게 밝히지 않았던 것이 아닌가, 하는 생각이 들기도 했던 것이다. 에세이·평론에서는 특히나 말이다.

그러나 지금 『읽는 행위』를 다시 읽고, 마침내 『동시대 게임』에 이르는 나의 숲이란 주제의 원형이 여기에 거의 모든 모습을 드러내고 있다는 것을 발견한다. 게다가 여기에 직접 묘사되는 숲은 바로 내가 그곳에 둘러싸여 태어나서 자랐던 현실의 숲이었다. 즉, 소설의 이미지는 원래 그 계기가 나의 유소년기에 경험한 것이더라도 소설의 구성에 끼워 넣어 초고를 쓰고 고치는 과정에서 숲이란 요소도 다소간 허구적인 것으로 만들어지는 데에 반해, 『읽는 행위』에서 묘사된 것은 뜻밖에도 나의 기억 속 숲과 딱 포개지는 것이다.

그것은 여기에 그려진 숲속 골짜기에서 보낸 나의 유소년기의 이야기도 마찬가지라고 할 수 있다. 정말 솔직히 말하면, 이 책에서 나는 '개인사自己史'와도 같은 문장을 발견하게 된다. 그리고 그것은 내가 독서에 대해 이 일련의 글을 쓰고 있던 동안에, 의도적으로 그렇게 하려고 노력한 것은 아니었다. 그렇다고 해서 내가 실제로 경험하고 느끼고 생각한 것을 은폐하려고 했던 것도 아니다. 그저 나는 나의 '개인사'적인 것을 문장으로 썼고 그 외에 전달되는 것에 특별한 의미를 발견하지는 않았던 것이다. 그때까지만 해도 확실히 나는 유소년기로 파고들어 거기서의 실제 경험에 중첩시켜 소설을 썼지만, 그것은 겹겹의 상상력을 동원한 조작을 통과하여 나온 최초의 의미 있는 표현이 되었기 때문이다.

내가 '개인사'적인 내용을 그대로 글로 쓰는 일에 큰 의의를 발견하지 못한 것은 몇 가지 이유가 있다.

먼저 나는 소설 및 에세이·평론을 매우 젊은 나이에 쓰고, 또한 발표하기 시작한 인간이었다. 그러므로 나는 그때까지 '개인사'적인 내용을 만들 경험을 쌓지 못했다. 적어도 그렇게 나의 경험에 대해 상대적으로 생각하는 것이 나의 자연스러운 태도였다. 또한 나는 유소년기에 경험한 전쟁과 전후戰後, 그리고 새로운 헌법을 토대로 한 전후 교육이 특별히 중요한 의미를 갖는다는 것을 에세이·평론을 통해 반복해서 주장하기도 했다. 그것은 내게 개인적인 경험이 아닌, 우리들 세대의 공동의 경험으로서 파악했기 때문이었다. 그러한 이유로 내가 그것을 에세이·평론으로 쓰는 것은 의미가 있다고 생각해 왔다.

그런데 지금 나는 『읽는 행위』를 다시 읽고, 그것이 다름아닌 개인적인 경험에 대한 직접적인 고백이라는 사실을 깨달은 것이다. 그리고 그 개인적인 경험의 고백은 거의 언제나 숲이란 존재가 매개의 역할을 했다. 숲속 골짜기 마을에서 나는 태어나고 자랐다. 그리고 숲속에 있던 동안에 그곳은 내게 가장 자연스러운 환경이었다. 그래서 나는 그곳에서 살

왔던 유소년으로서의 경험을 개인적인 경험으로서 드물거나 특별한 것이라고 자각한 적은 (당연한 일이지만) 없었다.

그러나 그것을 나는 먼저 소설을 쓰는 것을 단서로 하여 의식하기 시작했지만, 숲으로 둘러싸인 골짜기 마을은 내게 가장 보편적인, 이 세계의 원형 그리고 우주 모델을 나타내고 있었던 것이다. 이윽고 야나기다 구니오의 그리운 마을이란 사상과 야마구치 마사오의 주변성[周縁性] 이론에 따라 나는 이러한 우주 모델로서의 의미와 구조를 다시 이해하고 새롭게 여러 글을 쓰게 되었으므로 여기서는 또다시 그 정의를 내리지 않겠다.

그저 내게 우주 모델인 숲속의 닫힌 소세계에서는 대체적인 인간 세계에서 일어날 수 있는 것은 무엇이든 일어났고, 이 우주 모델의 외연을 완전히 뒤덮고 있는 광대한 숲은 한없이 매혹적이면서 두려운, 삶과 죽음의 모태가 공존하는 어둠과 같은 장소라고 직감하였던 것이다. 이 삶과 죽음의 모태가 공존하는 어둠이란 표현은 두 가지 모태를 포개서 죽음과 재생이 일어나는 장소라고 바꿔 말할 때, 야마구치 마사오가 말하는 주변성 이론과 더욱 가까워질 것이다. 그러나 골짜기에서 생활하는 유소년으로서의 나는 단지 다음과 같이 느꼈을 뿐이다. ─ 저 숲속은 태어날 인간과 죽어가는 인간도 뒤섞여 있는 장소다, 그리고 그 숲으로 골짜기가 꽉 닫혀 있기에 그 안에 있는 나는 아무것도 두려울 것이 없다고, 설령 숲 높은 곳에서 강한 바람이 부는 소리가 들려오는 깊은 밤, 스스로 잠 못 드는 작은 머리를 쓰다듬는 노력을 했던 것이다.

그로부터 사반세기의 긴 세월이 지나, 멕시코에 체재했던 나날에 나는 가끔 이 숲과 골짜기에 대해 깊이 생각하게 된 것이다. 그렇게 하여 골짜기에서 지냈던 유소년기에 나의 작은 머리를 죄고 있던 것을 되살아나게 했던 것이다. 그것도 역시 유소년기의 불면의 밤과 마찬가지로 멕시코 시티에서 겪은 불면의 밤에 고민의 중핵을 이루고 있었던 것은 죽음에 대한 상념이었다. 나는 실제로 지금도 선명하게 기억하는 것이지만 골짜기에 있었던 열 살 즈음의 잠 못 드는 밤에 홑이불 속에서 팔다리를 버둥거릴 정도로 놀라 이렇게 생각한 적이 있다.—아, 벌써 십 년이나 살아 버렸다! 내 생명이 몇 살까지인지는 몰라도 확실한 것은, 그중에 십 년이나 수명을 써 버렸다는 사실이다!

그리고 나는 사후의 영원한 암흑을 생각하고 겁에 질린 후, 끝내는 앞서 말한 것처럼 삶도 죽음도 혼재되어 있는 숲에 푹 둘러싸인 골짜기에 내가 살고 있는 이상, 이대로 죽어 버린다 해도 아무것도 걱정할 필요가 없다는 생각에 이르러, 그렇게 생각한 단계에서 잠드는 길목에 다다르게 되었던 것이다. ─ 걱정할 필요 없어, 뭔가 지금 내가 모르는, 그리고 알 수 없는 어떤 역전逆転이 있을 거야, 라고.

멕시코 시티에 있는 아파트에서 깊은 밤까지 난폭한 활기로 찬 인수르헨테스 대로의 소음으로부터 벗어나지 못했다. 그렇게 불면의 밤을 지새우던 나는 옥타비오 파스Octavio Paz가 노출된 죽음의 징후로 가득하다고 썼던 멕시코에서, 낮 동안에 보거나 듣던 것들의 영향으로 역시 죽음에 대해 생각하는 일이 많았다. 실제로 그런 나는─아, 벌써 사십 년이나 써 버렸다, 고 탄식해야 할 연령이기도 했다. 무엇보다 그 나이에 맞게 쌓아 온 것도 있었고 사지를 버둥거릴 정도의 일은 아니었다. 그리고 나는 아득히 높은 곳에서 내려다보는 듯한 방식으로 시코쿠 숲속 골짜기 마을을 마음에 그린 것이다. 예기치 않게 한 십 년 정도 사이에 차를 타고 그 숲에 들어갈 수 있는 도로가 완성되어, 수년 전 어릴 적 친구의 전기 공사용 소형 밴을 타고 숲 정상까지 올라간 적이 있었다. 그리고 우리들이 숲 정상에 올라 본 풍경은 겹겹이 이어진 짙거나 옅은 초록빛으로 멀리 뻗어갔지만 어릴 적에 우주 모델의 숲처럼, 예컨대 큰 바다와 같이 느껴질 정도의 깊이와 넓이를 갖지 못한 것임을 지켜보았다. 그것은 나름대로 나에게 큰 경험이기도 했다.

그러나 멕시코 시티의 아파트에서 깊은 밤에 긴 시간 마음에 그린 숲은 역시 일단 헤매기 시작하면 살아 나올 수 없는, 즉 나의 골짜기로부터 다른 장소로서의 마을로 빠져나오는 통로는 열 수 없는(골짜기에서 흐르는 강을 따라 난 길은 있다), 완전히 골짜기를 가두기 위한 외연, 삶과 죽음의 모태가 공존하고 있는 매혹적이고 두려운 어둠의 장소였던 것이다.

즉 나는 그 숲속에서 홀로 빠져나온 다음에 사반세기를 넘어 버린 후에도 여전히 나의 가장 근본적인 우주 모델로서 골짜기 마을과 그곳을 한없는 두께로 둘러싼 숲을 생각하는 사실을 멕시코 시티의 아파트에서 매우 자연스럽게 납득하게 되었다.『읽는 행위』는 그러한 내게 실제로 이 일련의 글을 쓰던 때에 자각하고 있던 것보다도 골짜기와 숲의 모양을 더 표현할 수 있게 했다. 그리고 그러한 형태에서 그것을 쓸 때의 나의 의식과 실제로 쓴 것이 자립하여 표현하는 내용과의 상관관계에 대해 말하면, 이 작품은 에세이·평론에 속하기는 하지만, 그러나 그것은 마치 소설의 영역에 더 가까운 표현처럼 느껴지는 것이다.

2

숲속의 골짜기 마을이란 장소. 나는 지금 이 말에 토포스 topos라는 덧말을 달고 싶다. 그것은 철학자 나카무라 유지로

中村雄二郎의 연구를 통해서 내가 잘 알고 있던 그 골짜기를 표현하는 말로서의 장소를 토포스라고 불러야 한다고 발견했기 때문이다. 그러한 독서의 경험과 직접 관련되어 있는 것이다. 나는 이러한 유형의 발견을, 즉 유소년기에 골짜기에서 잘 알고 있던 것에 새롭게 명칭을 부여한다고 하는 발견을, 성인이 되고 난 후의 독서를 통해 종종 경험하게 되었다. 골짜기에서 읽었던 활자는 가공의 것이라고 생각한 것과 숲속에서 만나는 사물과 그것에 맞는 실체는 없다고 느꼈던 일은 복잡한 통로를 경유하지만 그 최초의 독서 경험과 통하는 부분이 있다고 생각한다. 이 장소(토포스)가 유소년기의 나에게 그렇게 본질적인 것이었다면, 그곳에서 밖으로 나오는 절차가 내게 분명 쉬운 과정은 아니었을 것이다.

숲속 골짜기에서 밖으로 나간다. 내가 체험한 그것은 아마 그 시점에서 내가 자각한 것보다도 더 중요하고 더 위기적인 과제였던 것이다.

그리고 내가 강줄기를 따라 내려가 이웃 마을에서 하숙을 하고, 그곳에 있던 고등학교에서 1년을 다니다가, 이어서 강줄기를 더 내려가 바닷가를 우회하여 지방 도시의 고등학교로 나와, 그리고 예비 학교에 들어가기 위해 결국 도쿄로 온 일련의 과정. 이 수년간은 시대 배경으로서 한국 전쟁과, 또한 전후의 가장 민주주의적이었던 시기의 (그것이 점령하의 것일지언정 오히려 점령하에서 일본의 구체제에 이어지는 권력도 그것을 인정해야만 했던 민주주의적인 현상의 빛이 현저했던 시기로부터) 최초의 반동기를 두고, 나 개인에 대해 지금 되돌아보면 더욱이 노출된 위기로 가득 차 있던 시기였다. 그곳으로부터 도쿄의 대학 생활을 바탕으로 그 한가운데서 나는 소설을 쓰고 발표하기 시작했다. 당연히 소설의 주제는 숲에서 송두리째 뽑힌 것처럼 도시에서 살아가는 청년의 불안과 그가 뜨거운 마음으로 불러일으킨, 전쟁기에 체험한 숲속 마을의 기억이었다.

숲속의 우주 모델로부터 갈라져 나와 야간열차로 대도시에 도달하여 고독하게 내동댕이쳐진 청년에게는 무정형으로 느껴지는 한쪽 구석의 장소에서의, 추방된 자와 같이 닫힌 생활. 그곳에 광기라는 주제가 드러났다고 해도 그것은 오히려 자연스러울지도 모른다. 『읽는 행위』가 가까운 과거를 이야기하면서 종종 광기에 대한 두려움을 다뤘던 것은 독서 체험을 통해 '개인사'의 한 국면으로서 회상한다면, 그 위기를 현실의 경험으로서 짊어졌던 시간, 혹은 그것을 어떻게든 극복하고 그런 다음에 글로 서술하려고 했던 시간들은 모두 의식한 것보다도 더욱 위험한 사태였다고 느낀다. 그것은 『읽는 행위』를 쓰고 있던 사이, 바로 그 위기가 여파를 계속 끼치고 있었던 이상, 지금 다시 생각하면 그 시점에서의 나는 내가 광기라는 과제에 빠져 있던 위기를 오히려 의식적으로 과소평가하는 것으로 어떻게든 극복한 것 같다.

지금 『읽는 행위』를 다시 읽으면 처음에는 개인적인 과제로서(즉 개인적인 질병처럼) 내게 있었던 광기의 과제를 숲속의 우주 모델로부터 개인적인 것을 송두리째 뿌리 뽑는 것으로 근원을 탐색하는 동시에 (이와 같은 표현이 과장되게 들린다면 나는 그것을 미칠 듯이 우울해지는 기분이 찾아오는 것을, 이라고 다시 말하는 편이 좋겠지만, 그런 기분이 찾아오는 것이 숲속의 골짜기를 떠나 도시 한가운데로 들어와 일단 그곳을 벗어난 이상, 나의 유소년 시절을 다시는 찾을 수 없듯이 나의 진정한 거처는 복원할 수 없을 것이라 자각하는 데서 유래한다고 탐색하는 동시에), 내가 그것을 핵 공화국이란 과제로서 개인적인 것을 초월한 것으로 전개하는 일, 전개하도록 노력하는 일, 그것이 이 독서 체험을 말하는 형태를 취한 '개인사'의, 또 하나의 방향 설정이었던 것이 명료하다. 그리고 이러한 방향성을 토대로 나의 에세이·평론뿐 아니라 소설을 포함하여 모든 작업을 진행하고 있다고 생각한다.

오에 겐자부로가 발견한
활자 너머의 '빛'

> 말의 정통적인 의미에서 독서 경험은 경험이라 할 수 있을까? 독
> 서로 훈련된 상상력은 현실에서도 상상력이 될 수 있을까? 나는
> 이 두 질문을 내게 던지며 그것에 답해야만 한다고 생각한다.
>
> (본문 p.13)

『읽는 행위』는 오에 겐자부로의 독서 경험과 함께 풍부한
철학적 사유를 담은 평론집이다. 그는 먼저 "독서 경험은 경
험인가?"라고 묻고, 독서가 현실에서 어떠한 역할을 하는지
묻는다. 이 책은 당시 30대였던 젊은 작가로서 그가 고민한
문제들에 대한 자문자답의 형식을 취하고 있다. 스스로 묻고
답하는 과정을 통해 오에 겐자부로의 내면세계가 그대로 표

출되고 있다는 점에서 특별한 기록이라고 할 수 있다.

특히 한 청년 개인이, 그리고 신인 작가로서 겪어야만 했던 시행착오를 솔직하게 기록하고자 한 점에서 오에 겐자부로의 문학 세계를 이해하기 위한 중요한 자료가 된다. 처음 이 글들은 1969년 7월부터 12월까지 『군상群像』 잡지에 매달 게재되었다. 장편 소설과 달리 최소한의 퇴고 과정을 거쳤다는 것을 유추할 수 있는데, 작가가 의도하지 않은 다양한 이야기로 전개되는 과정에서 그 무의식에 있는 다양한 소설의 주제를 발견하게 한다.

또한 원문의 긴 호흡과 함께 속도감 있는 문체는 의식과 무의식이 뒤섞인 듯한 이야기의 전개 방식을 시도하며 글을 더욱 입체적으로 만들고 있다. 이러한 방법은 이 책의 후기에 해당하는 「미래를 향해 회상하다」에서 작가가 직접 언급하고 있듯이 의도적인 것이 아니었다. 독서 경험으로 발견되는 다양한 주제가 예측 불가능한 역동성을 보여 주고 있는 것이다.

오에 겐자부로의 자전적 소설로서 철저한 '자기 검증'을 꾀하고자 한 작품이 바로 『그리운 시절로 띄우는 편지』(1987)이다. 이 소설에는 『읽는 행위』에 기록된 시를 똑같이 인용하고 있고, 한편으로 젊은 시절에 자신이 쓴 다양한 평론에 대해 후회하는 듯한 다소 회의적인 시각도 언급하고 있다.

그러나 오에 겐자부로가 평론과 소설 작업을 병행하며 작가 생활을 하게 된 것은 격변하는 현대와 호응하는 유효한 문학적 전략을 발견하게 했다는 점에서 유의미한 과정이었다고 할 수 있다.

이 책에서도 알 수 있듯이 유년기에 경험한 전쟁, 아버지의 죽음과 패전, 그리고 1960년대 정치적 격변기를 과거와 현재, 그리고 가공과 현실을 전략적으로 엮어 기록하면서 스스로 작가로서의 새로운 비전을 제시하기에 이른다. 다시 그는 독서 경험이 현실에서 어떠한 의미가 있는지 다음과 같이 묻고 있다.

> 활자를 통해 악몽을 경험하며 훈련한 상상력은, 현실에서도 상상력이 될 수 있을까? (본문 p.79)

여기서 '악몽'이라는 주제가 발견되고 있는데, 오에 겐자부로의 문학에서는 제2차 세계 대전과 히로시마·나가사키의 핵폭탄으로 시작된 일본의 현대, 바로 그것이라고 할 수 있다. 역사적 사실로서의 악몽이 망각 속으로 사라지려고 할 때, 그는 활자화된 악몽의 기록을 통해 그 기억을 소환하고자 한 것이다.

이 책에서 많은 부분을 차지하는 악몽과 광기는 현재를 살아가는 우리와 결코 무관한 주제들이 아니다. 오에 겐자부로는 집요할 정도로 광기와 어둠에 천착하여 다양한 독서 경험과 자신의 삶을 조명하고 있다. 개인의 죽음과 지구의 종말을 두려워하며 유년기를 보낸 작가의 상상력을 현실과 거리가 먼 이야기라고 단정할 수는 없을 것이다. 그가 어두운 주제를 반복해서 언급하는 이유는 다음과 같은 작가로서의 태도와 직접 관련이 있다.

> 먼저 그것은 활자 너머에서 거대하고 깊은 어둠을 보고 희미한 빛을 인정해 온 자의 요청이며, 동시에 마침 외국어를 습득한 시기에 소설을 쓰게 되면서 타인에게 나의 지병과도 같은 악몽을 전달하는 작업을 시작하게 된 한 작가로서의 요청이다. (본문 p.80)

작가의 역할을 '악몽의 전달자'로 규정하고, 활자화된 악몽을 통해 훈련된 상상력은 현실을 살아가게 하는 강력한 힘을 제공한다는 것을 증명한다. 그는 '읽는 행위'를 통해 자기 내면에 잠재된 '깊은 어둠'을 확인하고 나아가 그 속에서 '희미한 빛'을 발견한 작가였다. '읽는 행위'는 그에게 어두운 현실을 살아 내는 유일한 방법이 되었다.

또한 만년의 인터뷰집인 『오에 겐자부로, 작가 자신을 말하다』에서 밝혔듯이, 그는 신인 시절부터 상상력과 사회 동향을 연속적인 지평으로 수용하고자 했고, 이것이 '정치와 문학'이라는 다소 무거운 주제로 확장하게 된 것이다.

> 나는 작가로 출발한 후에 사회 내 존재로서 작가는 어떠한 의미
> 가 있을까, 라는 질문을 지난 십여 년 동안 되풀이해서 스스로에
> 게 던져 왔다. (본문 p.148)

특히나 1960년대 후반은 끝나지 않는 베트남 전쟁, 냉전 체제의 심화와 새로운 핵 위기가 고조되면서 세계적인 대규모 민중 시위가 일어났던 시기였다. 거의 동시대에 기록된 『읽는 행위』는 이러한 정치적인 요소들이 배경이 되고는 있지만, 구체적인 현실을 언급하기보다 작가로서 겪는 개인적 영역의 문제들을 먼저 확인하며 사회와의 접점을 찾고 있다는 점에서 독자에게 시사하는 바가 크다.

그것은 사회를 변화시키기 위한 힘은 결국 작은 개인의 의지로부터 시작된다는 지극히 보편적인 주제와 연결되고 있다. 이 책에서 "현재의 문제는 슈퍼맨 작가의 거짓된 모습을 거부할 의지를 가진 작가 개인의 태도 결정에 달려 있다"고 밝히고 있듯, 만능 해결사를 자처하는 '슈퍼맨 작가'의 위험성을 경고한다.

그가 사회와의 관계에서 '개인의 태도'를 강조하는 부분은

'개인'이라는 문학적 주제가 장남 히카리의 탄생으로부터 시작되었다는 점에서 중요하다. 1964년에 발표된『개인적인 체험』은 사회에 적응하지 못하는 주인공이 장애아의 아버지가 되면서 겪는 방황과 도덕적 해이, 그리고 성적 편력을 그리고 있다. 이 소설은 '안일한 결말'이라는 논란을 낳기도 했는데,『읽는 행위』를 통해 그 이유에 대한 단서를 엿볼 수 있다. 장애를 갖고 태어난 히카리를 앞에 둔 심경을 다음과 같이 기록한다.

> 갓난아기는 이 세계에 존재하는 모든 것으로부터 폭력을 당한 육체로 그곳에 누워 있는 듯했다. 그리고 나는 그저 그 연약하고 작은 개체 앞에서 그냥 가만히 앉아 있는 내가, 그 무구한 존재에게 폭력을 가하는 육체가 된 것은 아닌지 깊은 공포를 느꼈다. (본문 p.124)

그는 처음 장남 히카리를 통해 '폭력의 세계'에 대해 자각하게 된다. 그가 아들의 탄생으로 약자를 향해 새롭게 인식하게 된 과정은 잘 알려져 있지만, 이 책은 끝나지 않은 암흑의 긴 터널을 통과하는 심경이 솔직하게 묘사되고 있다. '폭력의 세계'라는 깊은 어둠에서 빠져나와 장남 히카리의 이름이 의미하는 '빛'을 발견하게 된 것 역시 문학적인 영위를 통해 가능한 일이 되었다.

나는 나의 퇴행 현상이 더 이상 자라나는 것을 거부하고, 다음날 아침 다시 병원에 가서 부서지기 쉬운 인간인 나 자신과 아들에게 시작될 공동생활에 필요한 생존 절차를 처음 자발적으로 확인했다. (본문 p.125)

인간다운 삶이 붕괴하려고 할 때, '읽는 행위'로 얻게 되는 상상력은 현실의 힘이 된다. 오에 겐자부로는 그것을 실제 삶과 문학을 통해 증명했다. 그의 기록도 시대를 초월하여 소멸하지 않는 '희미한 빛'으로 남게 될 것이다. 읽기를 통해 인간다움에 대해 고민하고 개인의 삶과 사회를 재조명하고자 한 작가로서의 태도는 오에 겐자부로의 문학 세계를 규정지었다.

2024년 5월 10일
남휘정

오에 겐자부로 연보

1935 (0세) 1월 31일 에히메현 기타군 우치코초 오세愛媛県喜多郡内子町大瀬 마을에서 아버지 오에 요시타로大江好太郎와 어머니 고이시小石 사이에서 7남매 중 다섯째로 태어남.

1941 (6세) 4월 오세국민학교 입학. 12월 태평양 전쟁 발발.

1944 (9세) 1월 할머니 다계, 11월 아버지 타계.

1945 (10세) 히로시마広島·나가사키長崎에 원자폭탄의 투하로 일본 패전. 자연에서 영감을 얻어 시를 쓰기 시작함.

1947 (12세) 오세중학교 입학.

1950 (15세) 에히메현립 우치코고등학교 입학.

1951 (16세) 에히메현립 마쓰야마고등학교로 전학.

1954 (19세) 도쿄대 문과 입학.

1955 (20세) 불문과에 진학하여 와타나베 가즈오渡辺一夫 교수에게 배움.

1957 (22세) 단편 「기묘한 일奇妙な
仕事」로 도쿄대 문학상[五月祭賞]을
수상. 『문학계文學界』에 단편 「죽은
자의 사치死者の奢り」로 문단 데뷔.

1958 (23세) 「사육飼育」으로 아쿠

신인 시절(1961)

타가와상芥川賞 수상.

1959 (24세) 도쿄대 문학부 불문과 졸업.

1960 (25세) 이타미 주조伊丹十三의 동생 유카리ゆかり와 결혼.
소설 『청년의 오명青年の汚名』 발표.

1961 (26세) 단편 「세븐틴セヴンティーン」, 「정치 소년 죽다政
治少年死す」 발표. 이 작품으로 우익단체에게 협박을 당함. 8월
부터 4개월간 유럽을 여행하며 사르트르와 인터뷰.

1963 (28세) 소설 『외치는 소리叫び声』 발표. 장남 히카리光가
장애아로 태어남. 그 후 집필을 위해 히로시마 방문 취재.

1964 (29세) 소설 『개인적인 체험個人的な体験』으로 신쵸샤 문
학상新潮社文学賞 수상.

1965 (30세) 르포르타주 『히로시마 노트ヒロシマ·ノート』 발표.
여름 하버드대 세미나 참가.

1967 (32세) 장녀 나쓰미코菜摘子 태어남. 소설 『만엔 원년의
풋볼万延元年のフットボール』로 다니자키 준이치로상谷崎潤一郎賞
수상.

1968 (33세) 호주·미국 여행.

1969 (34세) 차남 사쿠라오桜麻 태어남.

1970 (35세) 평론『읽는 행위: 활자 너머의 어둠読む行為: 壊れものとしての人間―活字のむこうの暗闇』, 르포르타주『오키나와 노트沖縄ノート』발표. 아시아·아프리카 작가회의 출석을 위해 아시아 여행.

1973 (38세) 소설『홍수는 내 영혼에 이르고洪水はわが魂に及び』로 노마문예상野間文芸賞 수상.

1974 (39세) 평론『쓰는 행위: 문학 노트書く行為: 文学ノー付=15篇』발표.

1975 (40세) 스승 와타나베 가즈오 타계. 김지하 시인의 석방을 호소하며 지식인들과 함께 48시간 투쟁.

1976 (41세) 멕시코에서 객원교수로 4개월간 체류. 아쿠타가와상 심사위원으로 활동.

1978 (43세) 평론『소설의 방법小説の方法』발표.

1979 (44세) 소설『동시대 게임同時代ゲーム』발표.

1981 (46세) '오에 겐자부로 동시대 논집大江健三郎同時代論集'(전 10권) 발표.

1983 (48세) 소설『새로운 사람이여 눈을 떠라新しい人よ眼ざめよ』발표. 캘리포니아대 버클리 캠퍼스에서 연구원으로 체류.

1985 (50세) 평론『소설의 전략小説のたくらみ、知の楽しみ』발표. 소설『하마에게 물리다河馬に嚙まれる』로 오사라기지로상大佛次郎賞 수상.

1986 (51세) 일본에서 황석영 소설가와 대담. 소설 『M/T와 숲의 이상한 이야기M/Tと森のフシギの物語』 발표.

1987 (52세) 소설 『그리운 시절로 띄우는 편지懐かしい年への手紙』 발표.

1988 (53세) 평론 『새로운 문학을 위하여新しい文学のために』 발표.

1990 (55세) 첫 SF소설 『치료탑治療塔』 발표. 『인생의 친척人生の親戚』으로 이토세문학상伊藤整文学賞 수상.

1993 (58세) 『우리들의 광기를 참고 견딜 길을 가르쳐 달라われらの狂気を生き延びる道を教えよ』로 이탈리아 몬델로상 수상. 『구세주의 수난—타오르는 녹색나무 제1부 '救い主'が殴られるまで—燃えあがる緑の木 第一部』 발표.

노벨문학상 수상

1994 (59세) 8월 소설 『흔들림—타오르는 녹색나무 제2부揺れ動く—燃えあがる緑の木 第二部』 발표. 9월 소설 집필 중단 선언. 10월 일본에서 가와바타 야스나리川端康成에 이어 두 번째 노벨문학상 수상. 10월 일왕이 주는 문화훈장 거부.

1995 (60세) 소설 『위대한 세월—타오르는 녹색 나무 제3부 大いなる日に—燃えあがる緑の木 第三部』 발표. 한국의 고려원에서 『오에 겐자부로 전집』(전 15권, 1995~2000) 번역 간행.

1996 (61세) 소설 창작 복귀 선언. 미국 프린스턴대 객원강사로 체류.

1997 (62세) 미국 아카데미 외국인 명예위원으로 선발됨. 5월 일본으로 귀국. 12월 어머니 타계.

1999 (64세) 소설『공중제비宙返り』상·하권 발표. 베를린 자유대 객원교수로 초빙.

2000 (65세) 하버드대 명예박사학위 받음. 소설『체인지링取り替え子』발표.

2001 (66세) 우익 단체 '새로운 역사 교과서를 만드는 모임'에 반대 성명 발표.

2002 (67세) 프랑스 레지옹 뇌르 코망되르 훈장 수상.

2003 (68세) 에드워드 사이드Edward Said 등이 참여한 왕복 서간『폭력에 저항하여 쓰다暴力に逆らって書く』발표.

2004 (69세) 가토 슈이치加藤周一 등 지식인들과 함께 평화헌법(제9조) 개정에 반대하며 '9조 모임' 발족을 알리는 기자회견 개최.

2005 (70세) 소설『책이여, 안녕さようなら、私の本よ!』발표. '오에 겐자부로상' 창설 계획 발표. 서울에서 열린 국제문학포럼에 참가하여 판문점 방문. 오에 자택에서 황석영 소설가와 광복 60주년 기념 대담. 프랑스의 국립 동양언어문화연구소INALCO 명예박사학위 받음.

2006 (71세) 고려대에서「나의 문학과 지난 60년」강연.

2007 (72세) 오자키 마리코尾崎真理子와의 인터뷰집『오에 겐자부로 작가 자신을 말하다大江健三郎 作家自身を語る』 발표.

2009 (74세) 노벨문학상 수상 작가 르 클레지오와 대담. 소설『익사水死』발표.

2011 (76세) 도쿄에서 '원전 반대 1000만인 행동' 시위 참여.

만년의 오에(2015)

2012 (77세) 에세이집『정의집定義集』발표.

2013 (78세) 마지막 소설『만년양식집晚年様式集』발표.

2014 (79세) 『오에 겐자부로 자선 단편大江健三郎自選短編』발표.

2015 (80세) 한국의 '연세-김대중 세계미래포럼'에서 강연. 아베 신조安倍晋三 정권의 헌법 개정 추진을 강력히 비판.

2016 (81세) 리쓰메이칸立命館대 '가토 슈이치 문고加藤周一文庫' 개관 기념으로 마지막 강연을 함.

2023 (88세) 타계. 모교인 도쿄대에 '오에 겐자부로 문고' 창설.

2024 (1주기) 21세기문화원에서『오에 컬렉션』(전 5권) 간행.

읽는 행위

2024년 6월 20일 초판 1쇄 인쇄
2024년 6월 30일 초판 1쇄 발행

지은이   오에 겐자부로
옮긴이   남휘정
펴낸이   류현석

펴낸곳   21세기문화원
등 록   2000.3.9 제2000-000018호
주 소   서울 성북구 북악산로1가길 10
전 화   923-8611
팩 스   923-8622
이메일   21_book@naver.com

ISBN 979-11-92533-14-8 04830
ISBN 979-11-92533-07-0 (세트)

값 17,000원